Hrabia dla Ellen

Słodki romans regencyjny o ubogiej damie i niechętnym hrabim

Catherine Bilson

Shenanigans Press

SPIS TREŚCI

PROLOG

Grudzień 1817

— Przykro mi, panno Bentley. — Zarządca nerwowo obracał w dłoniach kapelusz, a na jego pooranej zmarszczkami twarzy malowało się szczere strapienie. — Beneficjum zostało już jednak przyznane i nowy wikariusz wkrótce przybędzie, by objąć rezydencję. Ma pani dwa tygodnie na opuszczenie plebanii.

Ellen Bentley uczepiła się framugi drzwi w nadziei, że utrzyma ją ona w pionie, gdy kolana zagroziły, że się pod nią ugną. — Mój ojciec został złożony do grobu dziś rano, panie Ellis, a mnie, jako kobiecie, nie pozwolono nawet stanąć przy jego mogile, by należycie się pożegnać. Miałam nadzieję ubiegać się w tym tygodniu o audiencję u hrabiego.

Daleki kuzyn, hrabia Havers, nie przyznawał się do ich pokrewieństwa, ale Ellen zamierzała prosić go jedynie o list polecający do pracy, być może o pomoc w znalezieniu posady guwernantki lub damy do towarzystwa. Było jednak oczywiste, że hrabia nie zamierzał pozwolić jej nawet w tak niewielkim stopniu narzucać się z racji ich więzów rodzinnych. Pan Ellis bez wątpienia działał na polecenie swego pracodawcy.

Wyrzucają mnie z jedynego domu, jaki kiedykolwiek znałam, tylko ta jedna myśl kołatała jej się w głowie.

— Naprawdę mi przykro, panno Bentley. — Zarządca ponownie obrócił kapelusz w dłoniach. W stanie szoku Ellen dostrzegała najdrobniejsze szczegóły: bruzdę troski między krzaczastymi brwiami mężczyzny, mgiełkę unoszącą się w powietrzu od jego szybkiego oddechu na zimnym porannym chłodzie, sposób, w jaki jego nerwowe dłonie niszczyły filcowe rondo kapelusza.

— Rozumiem, panie Ellis — rzekła wreszcie cicho i patrzyła, jak skłonił się jej płytko, po czym obrócił na pięcie i ruszył w dół ogrodowej ścieżki.

W mroźnym grudniowym powietrzu rozległ się czysty dźwięk dzwonu kościelnego, a łzy, które Ellen powstrzymywała od śmierci ojca na grypę trzy dni wcześniej, niespełna dwa tygodnie po tym, jak jej matka spoczęła w zimnej ziemi, w końcu popłynęły.

Osunęła się na kolana w progu swego domu i rozpłakała się jak dziecko.

Na miłość boską, co ona teraz pocznie?

ROZDZIAŁ PIERWSZY

Osiem miesięcy później

Ellen zbierała pomidory z krzaczków w ogrodzie, gdy usłyszała kłusującego ścieżką konia, którego miarowy tętent przerywany był gwizdaniem jakiejś melodii. Brzmiało to beztrosko i radośnie w to jasne, letnie popołudnie, a ona uśmiechnęła się do siebie na myśl, że miło jest usłyszeć kogoś tak niefrasobliwego.

Wtedy właśnie jeździec pojawił się w zasięgu wzroku, a raczej jego tors, gdy jechał drogą mijającą dom. Zauważywszy ją nad żywopłotem, ściągnął cugle.

— Dzień dobry, panienko! Czy mogłaby mi panienka powiedzieć, czy to dobra droga do Haverford Hall?

— Obawiam się, że właśnie minął pan skręt, panie — odparła grzecznie Ellen. — Jest jakieś ćwierć mili stąd, w tamtą stronę, po lewej.

— Jestem zobowiązany, panienko! — Uchylił kapelusza z kolejnym uśmiechem, a ona zauważyła, jaki jest przystojny, chociaż jego koń był chudą szkapą, a ubranie wyglądało na znoszone. Uśmiechnęła się i lekko skinęła głową, ale nic więcej nie powiedziała, a on zawrócił konia, by ruszyć w dalszą drogę.

Ładna dziewczyna — pomyślał Thomas, ale nie przybył tu, by oglądać ładne dziewczęta. Jadąc długą, wysadzaną modrzewiami aleją wiodącą do Haverford Hall, zatrzymał się na chwilę, by z podziwem spojrzeć na budynek. Jego dziadek opisywał mu go wiele razy, z czułością i w szczegółach, ale Thomas szczerze sądził, że staruszek przesadzał, a jego pamięć nie była już taka jak dawniej.

Teraz, gdy po raz pierwszy zobaczył dwór na własne oczy, zdał sobie sprawę, że skrzywdził pamięć dziadka, ponieważ dom był równie wspaniały, jak mu zawsze opowiadano. Zbudowany z miejscowego, miodowego kamienia z Cotswold, złocił się w popołudniowym słońcu, a okna na całej fasadzie lśniły w świetle. Próbował je policzyć i poddał się przy pięćdziesięciu. Z opowieści dziadka pamiętał, że dom miał również dwa duże skrzydła rozciągające się z tyłu, więc próba odgadnięcia liczby pokoi przez liczenie tylko okien na froncie rażąco zaniżyłaby ich liczbę.

To wszystko dla jednej rodziny — pomyślał, kręcąc głową i śmiejąc się cicho. W okazałym domu, który jego dziadek zbudował w Nowym Jorku, czuł się zagubiony i samotny, ale Haverford Hall musiało być dziesięć razy większe i, o ile wiedział, mieszkały w nim tylko dwie kobiety. I bez wątpienia cała gromada służby.

A wszyscy oni byli teraz jego obowiązkiem.

Thomas westchnął i ponaglił zmęczonego konia do dalszej drogi. Szkapa zarżała i strzygła uszami w jego stronę. — No już, ty wstrętna bestio — mruknął, ale nie miał serca jej kopnąć. Koń był prawdopodobnie prawie w jego wieku, ale był to jedyny, jakiego udało mu się zdobyć, gdy wspaniały ogier, którego kupił w Bristolu, nadział się na kamień i okuleciał dziesięć mil od Haverford. Goliat potknął się mocno, czym wystraszył Thomasa, który jechał jak we śnie, i ku swemu wielkiemu zażenowaniu spadł z siodła.

Podnosząc się z ziemi okryty kurzem, jęknął, widząc Goliata stojącego z jednym kopytem uniesionym wysoko i szlachetnym łbem zwieszonym nisko. — To nie twoja wina, mój zacny druhu — mruknął do ogiera, szukając w kieszeniach narzędzia do usunięcia kamienia. Goliat był zbyt kulawy, by na nim jechać, więc Thomas poprowadził go do następnej wioski, gdzie kowal z radością się nim zajął, ale mógł mu ofiarować jedynie tę starą kobyłę z zapadniętym grzbietem, by dowiozła Thomasa do celu.

Zastanawiał się, czy nie zsiąść i nie poprowadzić konia. I tak przybywał w opłakanym stanie. Będzie miał szczęście, jeśli nie odprawią go sprzed drzwi jak oszusta. Prowadzenie konia raczej nic by już nie zmieniło. Musiał zostawić kobyłę u stóp imponujących schodów prowadzących do drzwi wejściowych, ale był pewien, że i tak nie miała siły, by uciec, gdy wspinał się po stopniach, by zapukać do ogromnych, podwójnych drzwi.

Drzwi otworzył kamerdyner o bardzo surowym i groźnym wyglądzie, który spojrzał na niego z góry z nosem, który zdaniem Thomasa był o wiele bardziej arystokratyczny niż jego własny, i rzekł:

— Dzień dobry, milordzie. Spodziewaliśmy się pana.

Thomas otworzył usta, by się przedstawić, i zamknął je z trzaskiem, mrugając. — Słucham...?

— Pan *jest* lordem Havers, czyż nie?

— Eee... tak? — Nie mógł pojąć, jakim cudem mogli się go spodziewać właśnie dzisiaj. Opuścił statek natychmiast po zacumowaniu i skierował się prosto tutaj, nie zatrzymując się, by wysłać wiadomość, a przecież nie mogli wiedzieć, że będzie na pokładzie właśnie tego statku.

Kamerdyner skinął głową po królewsku. — Witamy w domu, milordzie. Jestem Allsopp. — Trzymał ręce mocno splecione za plecami, a Thomas miał wyraźne podejrzenie, że podawanie ręki służbie wcale nie było w dobrym tonie, więc tylko kiwnął głową.

— Czy mógłby ktoś zająć się moim koniem, proszę, A llsoppie... och — rozejrzał się i zobaczył, że stajenny już odprowadza kobyłę. — Ona właściwie nie jest moja, musiałem zostawić swojego konia w kuźni w Alvescot, kiedy okulał.

— Poinformuję o tym Jenkinsa ze stajni, milordzie — oznajmił Allsopp, cofając się od drzwi w oczywistym geście zapraszającym Thomasa do środka.

— Widzę, że mojej pamięci trudno będzie spamiętać wszystkie wasze imiona — mruknął Thomas, wchodząc do domu i starając się nie gapić na ogromny hall, wyłożony ciemnym dębem, z gobelinami wyższymi od człowieka wiszącymi na ścianach.

— Hrabina i lady Louisa są w błękitnym saloniku, panie. Czy mogę pana tam zaprowadzić?

Spojrzawszy na swoje zakurzone ubranie, Thomas powiedział: — Myślę, że najlepiej będzie, jeśli najpierw się odświeżę, nie sądzi pan, Allsoppie?

Mężczyzna nawet się nie uśmiechnął, tylko lekko skinął głową i rzekł: — Jak pan sobie życzy, panie. Tędy, proszę.

— Proszę mi powiedzieć, że nie prowadzi mnie pan do komnat, które zajmował ostatni hrabia — przyszło Thomasowi do głowy, gdy wchodzili po ogromnych schodach, które wiodły wzdłuż jednej ze ścian hallu.

— Ależ oczywiście, że tak, panie — odparł spokojnie Allsopp.

— Wolałbym... raczej nie. Jeszcze nie. — I tak już czuł się, jakby wchodził w buty zmarłego, chociaż wydawało się, że nie ma w tej kwestii wielkiego wyboru. Dorastał, słuchając opowieści dziadka o hrabstwie. A dziadek wpoił Thomasowi przekonanie, że hrabia jest odpowiedzialny za swoich ludzi w takim samym stopniu, jakby uczęszczał do Eton z synami innych arystokratów.

— Jak pan sobie życzy, milordzie — powiedział Allsopp po krótkiej chwili milczenia. — Kilka apartamentów gościnnych jest oczywiście zawsze utrzymywanych w gotowości. Być może jeden z nich będzie odpowiedni?

— Doskonale — odparł z wdzięcznością Thomas, a Allsopp wznowił wspinaczkę po schodach.

— Apartament Cromwella, jak sądzę, milordzie. Po drodze przejdziemy przez Długą Galerię.

Thomas widział, że będzie potrzebował pełnego oprowadzenia, inaczej ciągle będzie się gubił. Allsopp wprowadził go do pomieszczenia, które wydawało się niemal tak wielkie, jak hall na dole, i Thomasowi opadła szczęka.

— Teraz rozumiem, dlaczego był pan tak pewien mojej tożsamości — mruknął, spoglądając w górę na własne podobizny, powtarzane wciąż i wciąż.

Ściany zdobiły portrety, a spora liczba dżentelmenów na obrazach była z nim ewidentnie spokrewniona. Ciemnobrązowe włosy, mocny podbródek i oczy w odcieniu między błękitem a szarością były najwyraźniej cechami rodu Havers, które przetrwały przez pokolenia.

Allsopp ponownie skinął głową. — W istocie, panie. — Zdawał się wahać, zanim wskazał na jeden z obrazów, namalowany w stylu sprzed półwiecza. — To, jak sądzę, pański dziadek, lord Matthew. Młodsze dziecko, na kolanach matki.

Zaskoczony Thomas podszedł bliżej, by przyjrzeć się obrazowi. Przedstawiono na nim troje dzieci z elegancko ubraną matką; dziesięcioletniego chłopca, którym musiał być Michael, starszy brat Matthew, i dziewczynkę w wieku około siedmiu lat. Oznaczało to, że Matthew na obrazie miał cztery lata. Dzieci wyglądały na szczęśliwe; starszy chłopiec stał za krzesłem matki z otwartą książką w ręku, Matthew siedział na jej kolanach z cynowym żołnierzykiem w każdej dłoni, a ich siostra na podnóżku z pomarańczowym kotem śpiącym na kolanach.

— Czy to lady Eleanor? — Matthew często wspominał o siostrze. Wyszła za mąż poniżej swojej pozycji, za miejscowego duchownego, ale obaj jej bracia byli do niej zbyt przywiązani, by próbować jej odmówić, gdy zapragnęła pójść za głosem serca.

— Ta mała dziewczynka z kotem? Tak sądzę, milordzie. Hrabina lub lady Louisa będą mogły panu powiedzieć o nich więcej.

Na razie musiało mu to wystarczyć. Allsopp wznowił swój majestatyczny krok, a Thomas podążył za nim, obserwowany na każdym kroku przez malowane oczy swoich przodków.

Apartament Cromwella był znacznie bardziej luksusowy niż sugerowała nazwa. Thomas z aprobatą rozejrzał się, gdy Allsopp go wprowadził, lustrując wzrokiem łóżko z baldachimem i grubym materacem, eleganckie meble z orzecha i ciężkie, aksamitne zasłony w oknach. — Bardzo odpowiedni, dziękuję.

— Zaraz ktoś przyniesie gorącą wodę, panie. A pański bagaż...?

— Moje kufry powinny przybyć jutro z Bristolu. — Uśmiechnął się z lekkim poczuciem winy. — Obawiam się, że byłem zbyt niecierpliwy, by zobaczyć Haverford Hall i poznać moją rodzinę. Mam czystą koszulę i bryczesy w jukach.

— Znakomicie, milordzie — odparł Allsopp i wycofał się, zostawiając go samego.

Podszedłszy do okna, Thomas stwierdził, że znajduje się z tyłu domu, a przynajmniej po przeciwnej stronie niż ta, którą wszedł. Patrzył w dół na osłonięty dziedziniec między dwoma tylnymi skrzydłami domu, z nienagannie utrzymanymi ogrodami oddzielonymi żwirowymi alejkami. Ogrodnik starannie przycinał róże.

Wszystko wydawało się bardzo *uporządkowane* — pomyślał Thomas. Słyszał opowieści o Amerykanach w podobnej sytuacji, którzy wracali do Anglii, by zastać swoje rodowe posiadłości w ruinie i musieli wykorzystać swoje przedsiębiorcze umiejętności, by ratować rodzinne fortuny, ale Haverford Hall było dalekie od ruiny. Co on by tu w ogóle robił? Przypuszczalnie sprawami majątku zajmował się zarządca, i to, sądząc po tym, co Thomas widział, bardzo sprawny.

Jego rozmyślania przerwało pukanie do drzwi. — Proszę — zawołał i uśmiechnął się, gdy do środka wszedł młody człowiek, którego Thomas ocenił na kilka lat młodszego od siebie, i stanąwszy z rękami wzdłuż tułowia, skłonił się. — Witam.

— Milordzie. Jestem Allsopp, byłem lokajem pańskiego kuzyna Olivera.

— Kolejny Allsopp? Pana ojciec...?

— Stryj. — Ten Allsopp, jak się okazało, potrafił się uśmiechać; mały uśmiech uniósł kąciki jego ust.

— To mnie okropnie zdezorientuje. Jak masz na imię?

— Eee, Kenneth, milordzie, ale naprawdę...

— Żadnych ale. Będę cię nazywał Kennethem, a ty będziesz mnie nazywał Thomasem, bo mam już dość bycia nazywanym *milordem*, a jestem na angielskiej ziemi dopiero od dzisiaj rano.

Kenneth rozdziawił usta. — To byłoby więcej, niż warte jest moje stanowisko, milordzie!

— Skoro jestem teraz twoim pracodawcą, pozwolę sobie się z tym nie zgodzić. — Thomas uśmiechnął się do niego. — No już, to miłe, proste imię. Thomas.

— ...Panie? — zaoferował kompromis Kenneth z wyrazem lekkiej paniki na twarzy.

— Na razie chyba wystarczy. — Najwyraźniej będzie musiał nad tym popracować. Kenneth mógłby się trochę rozluźnić, gdyby poczuł się przy Thomasie swobodniej. Miał szczerą nadzieję, że młodszy Allsopp nie będzie tak sztywny jak jego stryj.

Kolejne pukanie do drzwi oznajmiło przybycie dwóch barczystych lokajów z dzbanami parującej wody, a za nimi wszedł jeszcze jeden, niosąc jego juki. Zastanawiając się od niechcenia, ilu właściwie służących zatrudnia Haverford Hall, Thomas zdjął zakurzony płaszcz i pozwolił Kennethowi go odebrać. Na ścianie nad komodą wisiało lustro. Jedno spojrzenie w nie sprawiło, że Thomas skrzywił się i poczuł ulgę, że podjął decyzję o umyciu się przed spotkaniem z hrabiną i jej córką. Wyglądał jeszcze gorzej, niż myślał, po upadku z konia. Dobrze, że krew rodu Havers najwyraźniej płynęła w nim silna, inaczej Allsopp bez wątpienia odprawiłby go sprzed drzwi jak włóczęgę, którego przypominał.

Pół godziny później, świeżo umyty, z wypastowanymi butami i prawie całym kurzem strzepniętym z płaszcza, Thomas poprosił Kennetha, by zaprowadził go do błękitnego saloniku, i otrzymał pierwszą lekcję na temat tego, jakie zadania do kogo należą w hierarchii Haverford. Kenneth był wprost zszokowany.

— Mój stryj obedrze mnie ze skóry, panie! Jeśli zechce pan udać się gdzieś w domu, przywołam jednego z lokajów, aby pana zaprowadził, dopóki nie pozna pan drogi, ale zaprowadzenie pana przed oblicze hrabiny i lady Louisy to przywilej mojego stryja. — Wysłał jednego z lokajów, którzy wrócili po zużytą wodę do mycia, z poleceniem natychmiastowego sprowadzenia Allsoppa.

— Będę popełniał wiele takich błędów — stwierdził ponuro Thomas, czekając. — Myślisz, że wszyscy po prostu zrzucą to na karb bycia nieokrzesanym Amerykaninem?

— Jestem pewien, że nie użyją słowa *nieokrzesany*, panie — powiedział Kenneth, a jego wargi drgnęły bardzo nieznacznie. Thomas uznał, że jego lokaj ma jednak poczucie humoru, choćby nie wiem jak starał się je ukryć.

— W każdym razie nie prosto w twarz.

— Należy mieć nadzieję, że nie powiedzą czegoś tak niegrzecznego również za pańskimi plecami, milordzie — odezwał się za nim Allsopp, a Thomas omal nie wyskoczył ze skóry.

— Na litość boską, niech pan robi jakiś hałas, człowieku!

— Postaram się o tym pamiętać w przyszłości, milordzie.

— Czy on *kiedykolwiek* się uśmiecha? — szepnął bezgłośnie do Kennetha, opuszczając pokój w ślad za apodyktycznym Allsoppem i westchnął, gdy lokaj w odpowiedzi pokręcił głową.

Allsopp znów poprowadził go przez Długą Galerię, ale gdy dotarli na szczyt schodów, skręcił w przeciwnym kierunku, prowadząc go do, jak Thomas był prawie pewien, wschodniego skrzydła domu. Minęli kilka zamkniętych drzwi, zanim Allsopp zatrzymał się i zapukał. Thomas podziwiał wiszący na ścianie naprzeciwko drzwi obraz pięknego gniadosza, notując go w pamięci jako punkt orientacyjny.

Nie usłyszał niczego zza drzwi, ale Allsopp najwyraźniej tak, ponieważ otworzył je i wszedł do środka, oznajmiając formalnie:

— Hrabia Havers.

To ja — pomyślał Thomas z ogarniającym go poczuciem nierzeczywistości. Wchodząc do pokoju, stanął jak wryty, a jego szczęka opadła, gdy stanął twarzą w twarz z najpiękniejszą dziewczyną, jaką kiedykolwiek widział.

— Lady Havers, hrabina Havers, oraz lady Louisa Havers — oznajmił Allsopp, wytrącając Thomasa z odrętwienia i sprawiając, że ten gwałtownie zamknął usta. Ledwo mógł oderwać wzrok od zjawiska piękności, którym musiała być lady Louisa, by skłonić się hrabinie.

— Miło wreszcie pana poznać, milordzie — powiedziała formalnie hrabina, a lady Louisa powtórzyła jej słowa cichym, melodyjnym głosem.

Thomas z wysiłkiem utrzymywał wzrok na starszej kobiecie, mówiąc: — Proszę, milady, choć nigdy się nie spotkaliśmy, jest pani jedyną rodziną, jaką mam, i z dumą uznaję ją za taką. Byłbym zaszczycony, gdyby zechciała pani nazywać mnie Thomasem.

Hrabina była przystojną kobietą w późnym wieku średnim. Thomas pomyślał, że kiedyś jej uroda mogła rywalizować z urodą córki, choć wiek nieco zatarł oszałamiającą naturę jej wdzięków. Ubrana w kosztownie wyglądającą suknię z perłowoszarego jedwabiu, obszytą lawendowymi wstążkami, z jasnymi włosami upiętymi pod koronkowym czepkiem, dygnęła mu, a gest ten był w jakiś sposób królewski i wcale nie uniżony.

— To bardzo miłe z twojej strony, Thomasie. Może zechciałbyś nazywać mnie ciocią Clarice?

— Byłbym zachwycony. — Skłonił się ponownie, zaczynając czuć się nieco głupio od tych wszystkich ukłonów, ale przynajmniej mógł teraz zwrócić się do Louisy.

— Chciałabym, żebyś nazywał mnie Louisą — powiedziała tym cichym, melodyjnym głosem, uśmiechając się do niego.

— Tak się cieszę, że wreszcie was obie poznałem — powiedział zgodnie z prawdą, wpatrując się w Louisę. Zarumieniła się uroczo pod jego spojrzeniem i poszła w ślady matki, siadając. Hrabina wskazała na krzesło, a Thomas również usiadł, czując się niezgrabny i nieobyty przy ich wytwornej, wyuczonej gracji.

Naprawdę musiał przestać się na nią gapić, ale Louisa była więcej niż piękna, była olśniewająca, z gęstymi, złotymi lokami okalającymi bladą, drobnokościstą twarz, z miękkimi, różanymi ustami i głębokimi, błękitnymi oczami, które nadawały jej niemal lalkowatą urodę. Nie była jednak zimną porcelanową figurką, nie z tą bujną figurą, która wyglądała, jakby została wlana w lawendową jedwabną suknię, z pasmem koronki przy dekolcie, które jako jedyne strzegło jej skromności.

Jeśli takie suknie były modą londyńską, Thomas był za nią w całej rozciągłości. Próbował sobie przypomnieć wiek Louisy. Listy od jego stryja były w najlepszym razie krótkie i sporadyczne, a po śmierci dziadka pięć lat temu ustały całkowicie. Z pewnością była już jednak w wieku, by bywać w towarzystwie. Zastanawiał się, dlaczego nie jest zamężna. Być może miała właśnie rozpocząć londyński sezon, gdy zmarł jej ojciec. Przywołany do porządku, powiedział:

— Muszę złożyć moje najszczersze kondolencje z powodu straty hrabiego i lorda Olivera. Byłem głęboko zasmucony wiadomością o ich śmierci. Mam nadzieję, że uwierzycie, iż byłem w pełni zadowolony ze swojego życia w Ameryce i ani przez chwilę nie pożądałem hrabstwa.

Hrabina skinęła głową. — Dziękuję, Thomasie. Miło z twojej strony, że to mówisz. Muszę przyznać, że bardzo przypominasz członka rodu Havers. Allsopp powiedział, że widziałeś Długą Galerię?

— Tak, ciociu Clarice, widziałem, i mam nadzieję, że ty lub moja kuzynka znajdziecie kiedyś czas, by mi opowiedzieć, kim byli ci wszyscy przystojni dżentelmeni i piękne damy.

Obie uśmiechnęły się na te słowa. — Będziesz musiał zamówić własny portret — powiedziała Louisa.

— Chyba tak. — Nawet mu to nie przyszło do głowy.

— Sir Thomas Lawrence to bardzo dobry malarz. Niedawno ukończył portret Louisy, który wisi teraz w pokoju muzycznym — zaproponowała hrabina. — Może mógłbyś zlecić mu namalowanie twojego portretu.

— Być może, ale po namalowaniu Louisy, wszyscy my, zwykli śmiertelnicy, musimy wyglądać w jego oczach brzydko jak muły — powiedział Thomas.

Louisa znów się zarumieniła i spuściła wzrok na swoje kolana. Zajęty wpatrywaniem się w nią Thomas nie zauważył zadowolonego uśmiechu hrabiny.

ROZDZIAŁ DRUGI

Sądzę, że mam wieści, które mogą cię zainteresować, moja droga — oznajmił pan Bledsloe przy kolacji, dwa wieczory po tym, jak Ellen widziała nieznajomego jadącego ścieżką.

— No to nie trzymaj nas w niepewności! — zawołała jego żona Demelza, odkładając widelec. — Opowiedz nam wszystko, panie Bledsloe, i to szybko, jeśli łaska! — Uśmiechnęła się do Ellen, zapraszając ją do radowania się soczystymi ploteczkami, które bez wątpienia miały za chwilę zostać wyjawione. Ellen odwzajemniła uśmiech blado, nie chcąc jej urazić, lecz jej mama nie znosiła plotek i przekazała tę niechęć córce. Jako żona pastora, pani Bentley poznała wiele tajemnic, zawsze jednak powtarzała, że słowa mają moc ranienia.

— Kije i kamienie mogą połamać ci kości, to prawda, ale słowa z pewnością również mają moc ranienia — mawiała mama do Ellen. — Ludzie powierzają mi swoje sekrety, a ja nie zdradzę tego zaufania.

Pan Bledsloe zawiesił głos w doniosłej ciszy, po czym oświadczył: — Hrabia Havers przybył do Haverford Hall.

Ellen odprężyła się; to z pewnością nie była tajemnica, która mogłaby kogokolwiek zranić. Cała wieś od miesięcy siedziała jak na szpilkach, zastanawiając się, kiedy — i czy w ogóle — amerykański kuzyn przybędzie, aby objąć tytuł. Równie jak Demelza spragniona wieści, uciszyła przyjaciółkę, która piszczała z podniecenia i wachlowała się.

— Kiedy przybył, panie Bledsloe? Widział go pan?

— Podobno zjawił się w posiadłości przedwczoraj. Pomocnik rzeźnika chodzi z jedną z pokojówek z Haverford Hall i widział się z nią wczoraj, gdy miała wolne popołudnie. Mówiła, że cała służba aż huczy od plotek.

— Och — rzekła zaskoczona Ellen. — Chyba go widziałam, być może, gdy jechał ścieżką. Zapytał o drogę do Haverford Hall.

— A więc z nim *rozmawiałaś*, a nie go *widziałaś*, ty niemądra! Był przystojny? — Demelza pochyliła się z zapałem.

Ellen poczerwieniała na myśl o tym, że uroda mężczyzny, który zapytał ją o drogę, rzeczywiście zrobiła na niej wrażenie. — Doprawdy nie potrafię powiedzieć — odparła skromnie. — Widziałam go tylko przez chwilę, gdy jechał konno. Odezwał się do mnie zza żywopłotu. Nawet nie wiem, czy to był hrabia. Mógł to być jakiś jego sługa. Jechał na starej szkapie, a jego płaszcz nie wyglądał na tak drogi, jak te, które nosił stary hrabia albo lord Oliver.

— Jutro udam się do rezydencji i poproszę go o audiencję — rzekł z powagą pan Bledsloe. — Mam pewne dokumenty, które powierzył mi stary hrabia. Wspomnę mu wtedy o tobie, Ellen.

Nie odrzekła nic, jedząc po cichu kolację. Dla nowego hrabiego była nikim — daleką, bez grosza przy duszy kuzynką. Nie miał wobec niej żadnych zobowiązań i, biorąc pod uwagę postawę każdego arystokraty, jakiego kiedykolwiek spotkała, prawdopodobnie uzna ją za kogoś nieistotniejszego od brudu na bucie... to jest za kogoś całkowicie bez znaczenia, kogo należy się pozbyć przy pierwszej sposobności.

Gdy tylko pan Bledsloe potwierdzi, że hrabia nie jest nią zainteresowany, już jutro zacznie na poważnie szukać płatnej pracy. Poprosi pana Bledsloe o gazety i zacznie pisać listy z podaniami o posadę guwernantki lub damy do towarzystwa. Nadszedł czas, by zarobić na swoje utrzymanie. Demelza była drogą przyjaciółką, która przyszła Ellen z pomocą w tych okropnych dniach po pogrzebie ojca, gdy nie miała dokąd pójść, i nalegała, by zamieszkała z państwem Bledsloe tak długo, jak zechce, lecz Ellen miała świadomość, że żyje z łaski przyjaciółki. Taka sytuacja nie mogła trwać wiecznie.

Jedząc śniadanie i częściej chybiając widelcem ust, niż do nich trafiając, ponieważ nie mógł przestać wpatrywać się w lady Louisę, która skromnie skubała posmarowaną masłem bułeczkę, Thomas aż podskoczył, gdy lokaj oznajmił, że ma gościa.

— Kto to? — spytał Thomas, odrzucając serwetkę i wstając, niemal z ulgą przyjmując pretekst, by przestać się ośmieszać. Zdążył już dwukrotnie wysmarować sobie podbródek dżemem.

— Miejscowy prawnik, pan Bledsloe — obwieścił formalnie Allsopp.

— Nie może mieć do ciebie żadnego interesu, drogi Thomasie — rzekła hrabina lekceważąco. — Mój mąż wszystkie swoje sprawy prawne prowadził oczywiście przez naszych londyńskich adwokatów. Odeślij go, Allsopp.

— Nie, przyjmę go, ciociu Clarice. W końcu to sąsiad.

Lady Havers zamrugała, najwyraźniej zupełnie zbita z tropu. — Nie wiem, jak się postępuje w Ameryce, Thomasie, ale tutaj sąsiadami są inni członkowie szlachty, a nie *prawnicy*.

Pogarda w jej głosie sprawiła, że Thomas zmrużył oczy. — W Ameryce, proszę pani, sąsiadami są ludzie, którzy mieszkają w pobliżu i których regularnie widujemy — powiedział łagodnie. — Bez względu na ich pozycję społeczną. — Odwracając się, dodał: — Prowadź, Allsopp. Do... eee... — Nie miał bladego pojęcia, gdzie przyjmuje się gości jakiejkolwiek rangi.

— Do gabinetu, milordzie. — Allsopp zdobył się nawet na lekki uśmiech. — Tędy, jeśli pan pozwoli.

— Właściwie myślę, że znajdę gabinet — rzekł Thomas wesoło do Allsoppa, opuszczając małą jadalnię, w której, jak się dowiedział, rodzina zwykła jadać śniadania. — Jest w tamtym korytarzu, tuż za tą wyjątkowo niską zbroją, prawda?

— Zgadza się, milordzie. — Allsopp już się nie uśmiechnął, ale Thomas był pewien, że lokaj zaczyna się otwierać. Jeszcze wydobędzie z tego człowieka serdeczny śmiech.

— A pan Bledsloe? Co możesz mi o nim powiedzieć?

— Cieszy się w okolicy wielkim szacunkiem, milordzie. — Allsopp zawahał się, zanim dodał: — Nie moja to rola, by sprzeciwiać się hrabinie, rzecz jasna, ale pan Bledsloe i hrabia spotykali się regularnie. Hrabia był także miejscowym sędzią pokoju, więc regularnie konsultowali się w sprawach prawnych. A dom państwa Bledsloe znajduje się tuż za końcem południowej alei prowadzącej do rezydencji.

— A więc *jest* sąsiadem — stwierdził Thomas triumfalnie. — Doskonale, Allsopp. Czy wypadałoby podać kawę?

— Oczywiście, milordzie. Polecę ją wnet przynieść.

— Dziękuję ci. — Thomas uśmiechnął się, widząc lekkie zdumienie Allsoppa. Służba zdecydowanie nie była przyzwyczajona do podziękowań, ale Thomas nie zamierzał zmieniać swoich kurtuazyjnych nawyków tylko dlatego, że do jego nazwiska doczepiono tytuł. Otwierając drzwi gabinetu, wszedł do pokoju z gotowym uśmiechem.

— Panie Bledsloe! Miło mi pana poznać.

Prawnik był postawnym mężczyzną w średnim wieku, o przerzedzonych włosach. Poderwał się na równe nogi, gdy Thomas wszedł, a wyraz jego twarzy zdradzał absolutne zdziwienie przyjaznym powitaniem Thomasa. Kłaniając się, wyjąkał: — Och, to bardzo miło z pańskiej strony, milordzie, doprawdy. Jestem zaszczycony, że zechciał mnie pan przyjąć.

— Nonsens, jesteśmy sąsiadami, i proszę, mów mi Havers — rzekł Thomas uprzejmie. Próbował ofensywy czaru; jeśli uda mu się zaskoczyć mężczyznę na początku znajomości, być może przekona go, że te wszystkie ukłony i uniżoność naprawdę nie są konieczne. Miał ich już serdecznie dość.

— Ach, tak, mil... Havers — powiedział Bledsloe z szeroko otwartymi, nieco zszokowanymi oczyma. — Zaszczycony. — Przyjął wyciągniętą dłoń Thomasa i uścisnął ją.

— Świetnie, a więc ustalone. Proszę usiąść. — Zamiast okrążyć ogromne biurko i usiąść za nim w imponującej pozie, Thomas podsunął sobie drugie krzesło i przysiadł obok Bledsloe'a. — Bardzo miło z pańskiej strony, że pan wpadł. Cieszę się, że mogę zacząć poznawać moich nowych sąsiadów.

— Sąsiadów? Ach, tak... Chyba nimi jesteśmy.

— Allsopp powiedział mi, że mieszkasz na końcu południowej alei, co z pewnością czyni cię jednym z naszych najbliższych sąsiadów, skoro północny podjazd jest, jak mi powiedziano, trzykrotnie dłuższy.

— Niezupełnie na końcu, mój pan... Havers. Kawałek dalej drogą w kierunku Colesbourne. Właściwie sądzę, że być może rozmawiał pan z młodą damą w moim ogrodzie w dniu swojego przyjazdu, pytając o drogę?

— Dziewczyna w szarym kapeluszu! Pańska krewna? — Thomas skinął głową, wspominając dziewczynę i jej uśmiech, przyjazny ton, z jakim się do niego zwróciła.

— Właściwie to przyjaciółka mojej żony. Mieszka z nami od jakiegoś czasu, po stracie rodziców. Oboje odeszli w równie tragicznych okolicznościach jak pański wuj i kuzyn. Z powodu tych strat proszę przyjąć moje kondolencje.

— Dziękuję — odparł Thomas, kiwając głową. — To musiało być trudne dla młodej dziewczyny, stracić oboje rodziców w tym samym czasie. Doświadczyłem tej samej straty, ale byłem zbyt mały, by pamiętać ich odejście. Wychował mnie dziadek.

— Lord Matthew?

— Zgadza się. Wychował mnie na opowieściach o Haverford. — Thomas uśmiechnął się, rozglądając po gabinecie, który wciąż nosił ślad jego wuja w każdym imponującym meblu i doborze książek na półkach. — Obawiam się jednak, że obrazy, które tworzyła moja wyobraźnia, nie oddawały mu sprawiedliwości.

— W istocie. — Pan Bledsloe zamilkł na chwilę, po czym, zdając się dobierać słowa z pewną delikatnością, zapytał: — Czy lord Matthew wspominał kiedyś o swojej siostrze?

— O lady Eleanor? Często! Myślę, że po emigracji to za nią tęsknił najbardziej. Brzmiała jak cudowna osoba. Żałuję, że nigdy nie miałem okazji jej poznać. Pisywali do siebie listy aż do jej śmierci, jak sądzę, ale to było, zanim się urodziłem. A właśnie, może pan będzie wiedział — wiem, że wyszła za mąż, ale czy miała dzieci? Nie miałem jeszcze sposobności zapytać ciotki o innych żyjących krewnych, jakich mogę mieć. Dopiero przyzwyczajam się do posiadania *jakichkolwiek*!

— To w pełni zrozumiałe, milordzie. I tak, lady Eleanor miała córkę. Właściwie, jeśli pan pozwoli? — Bledsloe wskazał na półkę z książkami za biurkiem, a Thomas skinął głową, obserwując z ciekawością, jak mężczyzna wstaje i ściąga dużą, staro wyglądającą księgę, bogato oprawioną w zieloną skórę ze złotymi tłoczeniami.

— To biblia rodziny Haversów — poinformował go Bledsloe. — Czwarty hrabia, czyli ojciec poprzedniego hrabiego i starszy brat pańskiego dziadka, rzecz jasna, uzupełniał ją aż do swojej śmierci niespełna dwadzieścia lat temu.

Thomas skinął głową ze zrozumieniem, gdy Bledsloe położył księgę na biurku i ostrożnie otworzył ją na ostatnich stronach, ukazując drzewo genealogiczne zapisane kilkoma różnymi charakterami pisma.

— Ach, to się przyda, gdy będę próbował połapać się, kto jest kim na portretach w Długiej Galerii — mruknął Thomas z namysłem, pochylając się, by spojrzeć.

— Tutaj, proszę spojrzeć — wskazał Bledsloe. — Czwarty hrabia i jego rodzeństwo, Matthew i Eleanor.

Linia prowadziła w dół od imienia Matthew do *Ellis (ur. 1767, ż. 1789, zm. 1792)*. Poniżej jego imienia napisano *Julia Henry (zm. 1792)*, a stamtąd kolejna linia wiodła do *Thomas (ur. 1790)*.

— Może pan oczywiście dopisać *szósty hrabia Havers* obok swojego imienia — zauważył Bledsloe.

— Może innego dnia. — Wszystko w Thomasie buntowało się przeciwko temu. Może zostawi to potomkowi, który nie będzie czuł się jak kompletny oszust. Spojrzał na drzewo genealogiczne i zdał sobie sprawę, że będzie musiał również wpisać daty śmierci Michaela i Olivera.

Nie, na to też nie był teraz gotów. Przesunął palec z powrotem na imię Eleanor, a potem w dół.

— Miała dwie córki... och, jedna zmarła młodo, jakie to smutne. — Panna Sarah Ripley miała pięć lat. Patrząc na daty, uświadomił sobie, że musiało to być w tym samym roku, w którym dziadek wyjechał do Ameryki. Czy mała Sarah zmarła przed jego wyjazdem, czy po? Cóż za okropny rok musiał to być dla Eleanor.

— Tak, ale panna Laura dożyła dorosłości. Poślubiła kupca z Bristolu, a oni mieli córkę, Susan. Podczas wizyty u swoich krewnych tutaj, w Haverford, panna Susan zakochała się w miejscowym wikarym i pobrali się. Po ślubie czwarty hrabia nadał panu Bentleyowi parafię, aby jego krewna Susan miała zapewnione wygodne życie.

Thomas słuchał z zainteresowaniem, jak Bledsloe opowiadał mu o rodzinie, której nigdy nie znał. Śledząc linię zapisaną pająkowatym pismem na końcu starej biblii, dotarł do *Ellen (ur. 1798)*. Ten sam rok co Louisa z drugiej gałęzi drzewa genealogicznego, zauważył.

— Czy piąty hrabia kontynuował uzupełnianie drzewa?

— Wpisał datę śmierci pańskiego dziadka, więc zakładam, że tak. O ile mi wiadomo, nie było innych wydarzeń wymagających odnotowania podczas jego piastowania tytułu.

— A więc Ellen nadal żyje?

— Ellen to ta młoda dama, o której panu opowiadałem, Havers. Susan Bentley była jej matką.

Thomas niemalże otworzył usta ze zdumienia, a jego wzrok powrócił do drzewa genealogicznego. We wszystkich niezliczonych gałęziach, o ile mógł dostrzec, żyło tylko troje potomków Haversów: on sam, Louisa i Ellen. — Dlaczego więc mieszka z pańską żoną, a nie tutaj, ze swoją rodziną? — zażądał odpowiedzi z oburzeniem.

Bledsloe zawahał się, po czym rzekł delikatnie: — O ile czwarty hrabia uważał potomków lady Eleanor za rodzinę i nadał parafię panu Bentleyowi, by zapewnić opiekę pannie Susan, kiedy go poślubiła, o tyle piąty hrabia już nie.

Thomas oparł się na krześle i spojrzał na drugiego mężczyznę. — Chcesz powiedzieć, że poprzedni hrabia — do licha, będę go po prostu nazywał wujem — nie uznawał Susan i Ellen Bentley za krewne?

— Czy mogę mówić szczerze?

— Proszę, bo mam wrażenie, że czegoś tu nie rozumiem. Z tego, co tu widzę, prawie nie *mamy* rodziny. — Thomas machnął ręką nad księgą. — Dlaczego mój wuj miałby nie uznawać za członków rodziny szacownej żony duchownego i jej córki?

— Ponieważ pański wuj był skąpym, małostkowym tyranem, który nigdy niczego nie zrobił, jeśli nie uważał, że przyniesie mu to korzyść. — Bledsloe, wypowiadając te słowa, wyglądał na wpół wyzywająco, a na wpół bojaźliwie.

Pukanie do drzwi przerwało im rozmowę. Pokojówka wniosła tacę z parującym dzbankiem kawy. Thomas nalał filiżankę dla Bledsloe'a i jedną dla siebie, wdzięczny za przerwę, która dała mu czas na zebranie myśli.

— Jakie zabezpieczenie zapewniono Ellen po śmierci rodziców? — zapytał Thomas.

— Odziedziczyła oszczędności w wysokości około stu siedemdziesięciu funtów — odparł Bledsloe. — Choć jej dziadek był w Bristolu kupcem odnoszącym spore sukcesy, po śmierci pierwszej żony ożenił się ponownie i miał dwóch synów, którzy odziedziczyli jego majątek. Parafia została szybko nadana innemu człowiekowi po śmierci pana Bentleya; podpisanie tych dokumentów było zresztą jednym z ostatnich czynów pańskiego wuja. — Bledsloe spuścił wzrok i przygryzł wargę. — Ellen zamierza szukać posady guwernantki lub damy do towarzystwa. Poprosiliśmy ją, by została z nami przynajmniej do pańskiego przyjazdu. Pomaga mojej żonie przy dzieciach. Chociaż nie stać nas na płacenie jej odpowiedniej pensji, jada z rodziną, a Demelza traktuje ją jak siostrę.

Chcesz powiedzieć, jak nieodpłatną guwernantkę, pomyślał Thomas z pewną złośliwością, ale podejrzewał, że poczucie winy Bledsloe'a w tej sprawie było powodem, dla którego prawnik się z nim teraz skontaktował.

— Wydaje się całkowicie niesprawiedliwe, że moja kuzynka jest zmuszona w ten sposób zarabiać na życie — powiedział na głos. — Ma dwadzieścia lat, sądząc po dacie tutaj?

— Zgadza się.

— Chciałaby wyjść za mąż? Jeśli czeka na nią jakiś zalotnik, z radością zapewniłbym jej posag.

— Jedynym zalotnikiem, który kiedykolwiek o nią prosił, jest nowy pastor — powiedział Bledsloe. — Wydawało mu się, że powinna być wdzięczna za możliwość pozostania w swoim starym domu, chociaż oznaczałoby to, że musiałaby być również jego nieodpłatną gospodynią i ogrzewać mu łóżko. Ponieważ jednak ma on około pięćdziesięciu pięciu lat, odradziłem to Ellen. Poważnie to jednak rozważała. Nie chce być dla nikogo ciężarem.

— Już teraz wydaje mi się, że nie polubię nowego pastora — rzekł Thomas po chwili osłupienia. — Jak się nazywa?

— Pan Brownlee. Znalazł już sobie inną żonę, córkę jednego z pańskich dzierżawców, która z radością przyjęła jego oświadczyny.

Kręcąc głową, Thomas rozważał swoje opcje. Najłatwiej byłoby zapisać Ellen jakąś sumę, ale co potem? Gdzie by mieszkała? Musiałaby znaleźć sobie damę do towarzystwa, by dodać sobie powagi. Czy w ogóle by tego chciała, albo czy przyjęłaby pieniądze?

— Sądzę, że chciałbym poznać Ellen — powiedział w końcu, pociągnąwszy długi łyk kawy. — Rozmawialiśmy tylko przez chwilę, kiedy wskazała mi drogę do rezydencji, ale wydała się całkiem urocza. Jest moją kuzynką nie mniej niż lady Louisa i chciałbym ją poznać.

— Bardzo dobrze, Havers. — Bledsloe skinął głową z aprobatą. — Kiedy by panu pasowało?

— Nie ma co zwlekać, jak mawiał zawsze dziadek. Czy mogę odprowadzić pana do domu?

— To byłaby dla mnie przyjemność.

ROZDZIAŁ TRZECI

Iście przyjemny był to spacer aleją wysadzaną modrzewiami. Thomas znów zaczął podgwizdywać, rozkoszując się pogodą.

— Czy we wrześniu jest tu zawsze tak przyjemnie? — spytał.

— Nie zawsze, to wyjątkowo piękne późne lato — odparł
Bledsloe. — Wkrótce zaczną się październikowe deszcze, a
noce staną się coraz dłuższe. A jak tam klimat w Nowym
Jorku, Havers? Słyszałem, że zimy bywają bardzo srogie.

— Owszem, z obfitymi opadami śniegu — zgodził się
Thomas. — Lata również są nieznośnie gorące; nie
żałowałem, że wyjechałem w maju, nim nastały największe
upały. Rozumiem, że angielski klimat jest ogólnie o wiele
łagodniejszy.

Idąc, rozmawiali o pogodzie, o żniwach i o pracy, jaką
Bledsloe wykonywał dla poprzedniego hrabiego. Bledsloe
powiedział, że po śmierci hrabiego na sędziego pokoju mi-
anowano innego miejscowego właściciela ziemskiego, sir
Edwarda Kingsleya, za co Thomas był wdzięczny; i tak miał

już wystarczająco dużo na głowie, by jeszcze martwić się o egzekwowanie prawa w okolicy!

W końcu dotarli do końca długiej na pół mili alei, a Bledsloe skręcił w stronę domu, który Thomas minął poprzedniego dnia. Pamiętał, że pomyślał wtedy, iż posiadłość wygląda całkiem ładnie, z akrową działką i dużym ogrodem warzywnym z boku, gdzie zauważył Ellen zrywającą owoce. Bledsloe pchnął drewnianą furtkę i podeszli do frontowych drzwi.

— Demelza pewnie będzie trochę robić zamieszania — rzekł Bledsloe półgłosem. — Nie przejmuj się jej gadaniem. Ona po prostu lubi się wszystkim przejmować, to wszystko.

Widząc uśmiech na twarzy mężczyzny, Thomas pomyślał, że mimo tego całego zamieszania, wydawał się on bardzo czuły dla swojej żony. Przynajmniej Ellen znalazła się w domu, w którym nie musiała obawiać się natręctw ze strony pana domu, co stanowiło bardzo realne niebezpieczeństwo, gdyby rzeczywiście miała podjąć pracę guwernantki lub damy do towarzystwa.

— Demelzo? Przywiodłem gościa, moja droga, chciałby cię poznać — powiedział Bledsloe, wprowadzając Thomasa do salonu, gdzie ładna, około trzydziestoletnia kobieta siedziała z dwojgiem dzieci, które słuchały z uwagą, jak matka im czyta. — Chłopcy, wstańcie i ładnie się ukłońcie. Oto hrabia Havers. Milordzie, moja żona i moi dwaj synowie, Jacob i Jason.

Byli bliźniakami, zauważył, w wieku około siedmiu lat, identyczni, z niebieskimi oczami, jasnymi włosami i piegowatymi buźkami, z otwartymi z podziwu ustami na widok prawdziwego, żywego hrabiego we własnym salonie.

Demelza Bledsloe pisnęła cicho i upuściła książkę. — John! Och, milordzie! — dygnęła nieco gorączkowo. — Nigdy bym... o mój Boże!

— Proszę się nie turbować, pani Bledsloe — Thomas ponownie uruchomił ofensywę czaru, podchodząc, by ująć i ucałować jej dłoń. — Proszę mi wybaczyć, że wpadam tak bez zapowiedzi, ale gdy pani mąż był tak uprzejmy mnie odwiedzić, uznałem, że po prostu nie mogę czekać z rewizytą... oraz z poznaniem mej krewnej, która, jak rozumiem, jest pani drogą przyjaciółką.

— Tak jest, a gdzie Ellen, moja droga? — spytał John.

— Och, jest w bawialni — Demelza była nieco speszona, ale uspokoiła się, gdy Thomas posłał jej krzepiący uśmiech. — Znalazła wczoraj w gazecie ogłoszenie z posadą, która, jej zdaniem, mogłaby jej odpowiadać. Powiedziała, że chce napisać list z podaniem. Mówiłam jej, żeby poczekała, aż John pomówi z waszą lordowską mością, ale była tak pewna, że nie będzie pan zainteresowany nawet spotkaniem z tak daleką krewną...

— Wprost przeciwnie, proszę pani, jestem jak najbardziej zainteresowany spotkaniem z panną Bentley. O ile mi wiadomo, mam tylko dwie żyjące krewne, pannę Bentley i lady Louisę. Nie mam zamiaru z żadnego powodu lekceważyć żadnej z nich.

— Miło to słyszeć; wiedziałam, że tak być musi! Słyszałam, że Amerykanie mają zupełnie inny sposób myślenia niż my, Anglicy, a przynajmniej arystokracja. Proszę, milordzie, niechże pana nie zatrzymuję; chłopcy jeszcze nie skończyli lekcji geografii. Może napijemy się wszyscy razem herbaty w bawialni już za chwilę?

Thomas przyznał, że brzmi to bardzo przyjemnie, i uśmiechnął się do bliźniaków, których miny natychmiast zrzedły na wzmiankę o chwilowo porzuconej lekcji. Ośmielony jego uśmiechem, jeden z nich — nie miał pojęcia który — wypalił: — Widział pan kiedyś Czerwonoskórego, milordzie?

— Być może, jeśli wasza matka powie mi, że uważaliście do końca lekcji, opowiem wam przy herbacie — szepnął Thomas, schylając się, za co został nagrodzony parą promiennych uśmiechów.

Urocze małe diablęta, pomyślał, grzecznie żegnając się z panią Bledsloe i podążając za jej mężem z pokoju. Jeszcze nie myślał poważnie o poślubieniu żony i założeniu rodziny — miał dopiero dwadzieścia osiem lat! — ale przypuszczał, że teraz musi postrzegać to jako swój obowiązek, i to do wypełnienia jak najszybciej. Hrabstwo potrzebowało dziedzica.

Następne drzwi w małym korytarzu stały otworem, prowadząc do pokoju podobnej wielkości co salon, z owalnym stołem na mniej więcej osiem osób pośrodku. Przy stole siedziała Ellen, z rozłożonymi przed sobą papierami i piórem w dłoni.

— Ellen? — powiedział Bledsloe. Podniosła wzrok, a jej oczy rozszerzyły się na widok Thomasa wchodzącego do pokoju za nim.

— Och! — Zaskoczona, odłożyła pióro, wstała i złożyła zgrabny ukłon.

— Hrabia Havers, pozwoli pan, że przedstawię pannę Ellen Bentley — rzekł Bledsloe formalnie, a potem z uśmiechem dodał: — pańską kuzynkę.

— To bardzo dalekie pokrewieństwo, milordzie — pospieszyła z wyjaśnieniem Ellen.

— Wiem dokładnie, jak dalekie, panno Bentley; pańska prababka była ukochaną siostrą mojego dziadka. Opowiadał mi wiele historii o lady Eleanor i jestem zachwycony, mogąc poznać jej potomkinię. — Thomas ukłonił się, posyłając Ellen krzepiący uśmiech. Wyglądała na zaniepokojoną, jej czoło było zmarszczone.

— Skoczę tylko do kuchni i poproszę Betsy, żeby zajęła się herbatą — rzekł Bledsloe — a wy się poznajcie. — Wychodząc z pokoju, zostawił drzwi szeroko otwarte, a Ellen i Thomas wpatrywali się w siebie w milczeniu.

Była ładniejsza, niż mu się wydawało, gdy ten brzydki szary czepek zasłaniał jej włosy, zdał sobie sprawę Thomas, chociaż prosta, ciemnoszara suknia w niczym jej nie schlebiała. Oczywiście, wciąż była w żałobie po rodzicach, ale lady Louisa również była w żałobie po ojcu, a zdołała znaleźć suknię, która dodawała jej uroku.

Gdy tylko o tym pomyślał, Thomas mentalnie skarcił się za taką bezduszność. Louisa miała nieograniczony budżet i prawdopodobnie szwaczkę oddaną wyłącznie jej garderobie, podczas gdy Ellen dysponowała jedynie skromnym spadkiem. Bez wątpienia musiała sobie radzić z tym, co miała, starając się zachować swoje niewielkie fundusze na przyszłość.

— Nie usiądzie pan, milordzie? — odezwała się w końcu Ellen, sama siadając. Thomas usiadł, wciąż jej się przyglądając. Wyglądała na szczupłą, chociaż Bledsloe mówił, że jada z rodziną. Miała zapadnięte blade policzki i cienie pod oczami, które miały kolor ciemnej czekolady, zupełnie inny niż jego własne, niebieskoszare. Jej włosy były ciemniejsze od jego, prawie czarne, choć słońce wpadające przez okno za nią wydobywało z nich mahoniowo-czerwone refleksy. Dostrzegał w jej rysach niewielkie podobieństwo do siebie lub Louisy i zastanawiał się, czy w ogóle odziedziczyła coś po babce z rodu Haversów, czy też jej uroda faworyzowała inną gałąź rodziny. Z pewnością nie mógł sobie od razu przypomnieć nikogo z portretów w Długiej Galerii, do kogo Ellen można by z całą pewnością przyrównać.

— Bledsloe opowiedział mi co nieco o pańskiej sytuacji — rzekł Thomas niezręcznie po chwili ciszy. Ellen siedziała w milczeniu, z rękami złożonymi na kolanach, nie patrząc na niego, najwyraźniej czekając, aż on rozpocznie rozmowę. Albo, pomyślał, wyda dekrety, jakich mogłaby się spodziewać po poprzednim hrabi. — Bardzo mi przykro z powodu utraty pańskich rodziców.

— Mnie również przykro z powodu pańskiej straty, milordzie.

Zamrugał zdezorientowany.

— Hrabiego i lorda Olivera? — podsunęła.

— Ach, rozumiem. Niestety, nigdy ich nie poznałem. Mój dziadek korespondował z nimi do pewnego stopnia, póki jeszcze żył, ale od jego śmierci pięć lat temu nie usłyszałem ani słowa, dopóki przedstawiciel londyńskiej kancelarii mojego wuja nie skontaktował się ze mną w Nowym Jorku.

— Rozumiem — odparła bezbarwnie Ellen i znów zapadła krótka cisza, zanim dodała: — Ma pan inną rodzinę, tam w Ameryce?

— Nie, moi rodzice zginęli, kiedy byłem bardzo mały. W pożarze. Wychował mnie dziadek.

Kiwnęła głową w milczeniu, a Thomas zastanawiał się, gdzie podziała się ta przyjazna, uśmiechnięta dziewczyna, którą widział w ogrodzie zaledwie dwa dni temu. *Wtedy nie wiedziała, kim jestem*, uświadomił sobie w przebłysku olśnienia. *Boi się mnie, tego, jak moje działania mogą zaburzyć jej mały świat.*

— Czy mogę ci mówić Ellen? — spytał Thomas, starając się, by jego głos był jak najcichszy i najłagodniejszy. — I chciałbym, żebyś i ty, jeśli pozwolisz, mówiła mi Thomas. Na całym świecie mam tylko troje żyjących krewnych, a ty jesteś jedną z nich.

Podniosła na niego szeroko otwarte oczy, w których dostrzegł jaśniejsze, bursztynowe błyski w ciemnej czekoladzie tęczówek. Przez dłuższą chwilę nic nie mówiła, w końcu odzywając się: — Nie chcę okazywać braku szacunku przy innych, ale przypuszczam, że jeśli rozmawiamy na osobności, tak jak teraz, mogłabym mówić ci Thomas.

— Widzisz? Wcale nie było tak trudno, prawda?

W odpowiedzi na jego żartobliwy ton wreszcie się uśmiechnęła. — Nie tak trudno. Nigdy wcześniej nie miałam kuzyna.

To uniosło jego brwi. — Oczywiście, że masz. Lady Loui sa...

— Widuję lady Louisę w każdą niedzielę w kościele, odkąd obie byłyśmy na tyle duże, by tam chodzić, i jestem całkiem pewna, że nie ma pojęcia, jak mam na imię.

Thomas oparł się w krześle, przyglądając się jej z namysłem.

Ellen spuściła wzrok na swoje dłonie, przygryzając z poczuciem winy wargę. — Chyba nie powinnam była tego mówić — mruknęła.

To było zdecydowanie uszczypliwe, pomyślał Thomas. Zupełnie nie pasowało do łagodnej, skromnej dziewczyny, za jaką Ellen najwyraźniej starała się uchodzić. Miała w sobie ogień, choć ewidentnie starała się go dobrze ukrywać.

— Nie, masz pełne prawo czuć urazę. Sam ledwo mogę uwierzyć w to, jak rodzina cię potraktowała. Ale to się teraz zmieni.

Jej oczy wciąż były nieufne, gdy na niego patrzyła. — Co masz na myśli?

— Czego chcesz, Ellen? — spytał ją.

— Słucham? — Zaskoczona, zamrugała oczami.

— Czego *ty* chcesz? Co chcesz robić w życiu, mam na myśli? Jakie są twoje marzenia, co byś zrobiła, gdybyś mogła zrobić cokolwiek?

Zawahała się, wpatrując się w niego. — Ja… nie wiem. Nikt nigdy wcześniej nie zadał mi tego pytania. Nie sądzę, żeby wiele dziewcząt słyszało to pytanie. Oczekuje się od nas, że nie będziemy pragnąć niczego więcej, niż bycia żoną i matką dla jakiegoś mężczyzny…

— A ty tego nie chcesz?

— Może. — Rumieniec oblał jej blade policzki. — Nigdy nie spotkałam mężczyzny, który sprawiłby, że zapragnęłam tych rzeczy.

— W porządku. — Thomas złożył dłonie w daszek i zamyślony postukał opuszkami palców. — Czy mam zatem rozumieć, że zostanie guwernantką, nauczycielką w szkole lub damą do towarzystwa u jakiejś bogatej pani nie jest twoim życiowym marzeniem?

— Nie jest. Jednak aż do tego spotkania myślałam, że to jedyna przyszłość, jaka może być mi pisana!

— Jesteś tu szczęśliwa? — spytał, widząc, że wydawała się przy nim nieco bardziej zrelaksowana i swobodna.

— Tutaj? — Wyglądała na zdziwioną. — W Haverford? Nigdy nie znałam innego miejsca.

— Mam na myśli pobyt u przyjaciół. U państwa Bledsloe.

— Ach, rozumiem... cóż, Demelza była dla mnie bardzo, bardzo dobra. Nie miałam dokąd pójść, gdy pan Ellis powiedział mi, że mam dwa tygodnie na opuszczenie plebanii.

Zatrzymany w pół słowa, Thomas zamrugał. — Czekaj. Co, pan Ellis, zarządca?

— Zgadza się.

— Zarządca mojego wuja... kazał ci się wynosić z domu? W ciągu kilku dni po śmierci twoich rodziców?

— W sam dzień pogrzebu taty. Mama zmarła dwa tygodnie wcześniej... nie była zbyt silna, a gdy umarła, myślę, że tata po prostu stracił wolę życia. — Ellen powstrzymała łzy na wspomnienie tamtych okropnych tygodni. Najpierw ona zachorowała i dopiero dochodziła do siebie, gdy choroba dopadła mamę. Wyczerpana i wciąż w trakcie rekonwalescencji, Ellen robiła co w jej mocy, by pielęgnować matkę, ale na próżno.

— Tak mi przykro — powiedział Thomas. — Nie mogę uwierzyć, że Ellis pozwolił sobie na coś takiego. — Był wściekły. Jak ten człowiek śmiał? Z całą pewnością nie miał do tego prawa.

— Och, Thomasie. — Spojrzała na niego ze znużeniem. — Pan Ellis nigdy nie podjąłby takiego działania bez polecenia hrabiego. Już tu mieszkałam, gdy dowiedziałam się, że sam hrabia zaraził się grypą i zachorował.

Thomas ukrył twarz w dłoniach, czując bezbrzeżny wstyd za swojego zmarłego krewnego. — Drogi Boże, jak mógł być tak okrutny? Wobec ciebie, młodej krewnej, zupełnie samej na świecie?

Ellen nie miała dla niego odpowiedzi. Sama zadawała sobie to pytanie wiele razy, jak człowiek, który nazywał się chrześcijaninem, który uczęszczał do kościoła, mógł postępować w ten sposób.

— Myślę, że powinnaś zamieszkać w Hall. — Thomas opuścił ręce z twarzy i znów na nią spojrzał. Zaparło jej dech w piersiach z najwyższego zdumienia.

— Ja... nie sądzę, żeby hrabinie się to zbytnio spodobało.

— Jako że to nie jest jej dom, nieszczególnie mnie obchodzi, co ona sobie myśli — rzekł ostro Thomas. — Nie mów mi, że *ona* nie mogła nic dla ciebie zrobić, nawet jeśli jej mąż był największym sknerą! Widziałem wczoraj księgi rachunkowe. Za równowartość jej miesięcznych pieniędzy na drobne wydatki można było kupić ci domek na własność!

Wydawał się szczerze oburzony w jej imieniu. Ellen naprawdę nie miała nic do powiedzenia; po prostu siedziała, patrząc na niego, z rękami złożonymi na kolanach.

— Nie jestem jeszcze pełnoletnia — odezwała się w końcu z wahaniem. — Przypuszczam... technicznie, jako mój najbliższy krewny, jesteś moim prawnym opiekunem.

— Naprawdę?

— Moglibyśmy zapytać Johna. Jest przecież adwokatem, jestem pewna, że mógłby doradzić w kwestii prawnej. — Ellen uśmiechnęła się do niego lekko. — Thomasie, naprawdę, jestem wdzięczna, że chcesz coś dla mnie zrobić. Naprawdę nie chcę być guwernantką ani damą do towarzystwa. Chyba zawsze miałam nadzieję, że znajdę jakiegoś miłego farmera-dżentelmena lub może wikarego, któremu spodobam się na tyle, by mi się oświadczył.

— Jeśli tego pragniesz, Ellen, dopilnuję, byś została przedstawiona każdemu farmerowi-dżentelmenowi i wikaremu w Anglii, aż znajdziesz tego jedynego, który da ci szczęście — obiecał.

Na tak niedorzeczne stwierdzenie zachichotała, unosząc dłoń do ust, a oczy jej zalśniły. — Jestem pewna, że aż tylu nie będzie trzeba!

Uradowany, że udało mu się ją rozśmieszyć, Thomas uśmiechnął się do niej szeroko. — A zatem, postanowione? Przeprowadzisz się do Hall... do swojej rodziny?

Przygryzła dolną wargę, rozważając to. — Myślę, że powinieneś najpierw porozmawiać z hrabiną — powiedziała w końcu ostrożnie. — Chociaż masz oczywiście rację, że to twój dom, nie chcę być przyczyną sporu między tobą a twoją rodziną.

— Jeśli to zrobię, czy przygotujesz się do przeprowadzki do Hall w ciągu najbliższych kilku dni?

W końcu skinęła głową. — Tak. I Thomasie... dziękuję.

Sięgając przez stół, ujął jej dłoń w swoje obie i delikatnie ją uścisnął. — Jesteśmy *rodziną*, Ellen. To coś dla mnie znaczy i pragnąłbym zapewnić ci wygodne życie, nawet gdybym nie odziedziczył tytułu. Mój dziadek dorobił się w Ameryce niemałej fortuny, wiesz?

— Naprawdę? — Ellen wyglądała na szczerze zainteresowaną. — Bardzo chciałabym usłyszeć o twoim dziadku.

— Był z niego niezły oryginał, to pewne. Z przyjemnością opowiem ci niektóre z jego historii. W końcu był również twoim krewnym.

Kroki u drzwi sprawiły, że Thomas puścił jej dłonie i rozejrzał się; do środka wpadli bliźniacy, a za nimi ich matka i John Bledsloe z tacą w rękach.

Wszelkie poważne rozmowy musiały zostać przerwane, gdyż chłopcy natychmiast zaanektowali Thomasa i zbombardowali go pytaniami o Amerykę. Śmiejąc się, próbował odpowiadać na nie jak najlepiej potrafił, podczas gdy Demelza nalewała herbatę i podawała talerz z herbatnikami.

Wracając godzinę później do Hall, Thomasowi przyszło na myśl, że od bardzo dawna nie bawił się tak dobrze. Ellen, w towarzystwie przyjaciół, jeszcze bardziej się rozluźniła, a on z przyjemnością słuchał, jak jej wesoły chichot rozbrzmiewa w odpowiedzi na wybryki bliźniaków. Obydwaj chłopcy byli w niej wyraźnie bardzo zakochani, a ona w nich. Po chwili Bledsloe cicho poprosił Thomasa na stronę i obaj mężczyźni udali się do małego gabinetu, by porozmawiać na osobności.

Thomas znów zaczął podgwizdywać, idąc, czując zadowolenie z siebie i z działań, jakie podjął tego ranka. Bledsloe wyraził swoją wdzięczność, że Thomas pragnie przyjąć Ellen na łono rodziny Haversów.

— Będzie nam jej brakowało, wiem, że Demelza polega na niej, ale to nie jest sprawiedliwe wobec Ellen. To dobra, słodka dziewczyna i zasługuje na szansę, by coś w życiu osiągnąć. Muszę przyznać, Havers, że bardzo się cieszę, iż nie podzielasz w tej kwestii zdania swojego zmarłego krewnego.

Thomas szczerze wstydził się, że jego krewny mógł tak nędznie potraktować niewinną młodą kobietę. Ellen najwyraźniej nie miała wielkich oczekiwań, ale jego wuj mógł zapewnić jej wygodne życie, nie ponosząc przy tym niemal żadnych niedogodności. Ba, posag w wysokości kilkuset funtów sprawiłby, że każdy farmer-dżentelmen i wikary w hrabstwie ustawiłby się w kolejce, by zabiegać o względy Ellen!

Jednak teraz, gdy poznał Ellen, samo zapewnienie jej posagu nie wydawało się Thomasowi wystarczające. Zepchnęłoby ją to na tę wąską ścieżkę prowadzącą do małżeństwa, a on zastanawiał się, czy ona w ogóle tego chciała. Jak sama powiedziała, kobiet rzadko pytano, czego pragną od życia, po prostu *oczekiwano* od nich, że będą chciały być żonami i matkami.

Ellen zasługiwała na szansę odkrycia, kim naprawdę chce być w życiu, i, na Boga, Thomas zamierzał dać jej tę szansę.

ROZDZIAŁ CZWARTY

— Chcesz zrobić... *co?* — Głos Clarice przeszedł w pisk, gdy wpatrywała się w Thomasa z oczyma rozszerzonymi z niedowierzania.

— Chcę, żeby nasza kuzynka przyjechała i zamieszkała tutaj, w Haverford Hall. — Mówiąc to, zachował spokojny ton głosu, zerkając na Louisę. Siedziała z haftem w dłoniach, lecz nie postawiła ani jednego ściegu, odkąd zaczął mówić. Jej twarz była równie nieruchoma i chłodna jak marmurowy posąg; nie potrafił odczytać jej myśli.

— Ona jest *córką wikarego* — wykrzyknęła Clarice.

— Jest *moją kuzynką.*

Wpatrywali się w siebie w milczącej próbie sił, a Clarice w każdym calu była arystokratką. Thomas w końcu przerwał impas, mówiąc:

— Nie proszę cię o pozwolenie, ciociu Clarice. Gdybyś uznała, że nie jesteś w stanie mieszkać pod jednym dachem z panną Bentley, to zdaje się, że masz dożywotnie prawo do Domu Wdowiego, zgodnie z zapisami twojej intercyzy.

Clarice otworzyła usta z szoku. Louisa wydała z siebie cichy dźwięk, a kiedy Thomas ponownie na nią spojrzał, zobaczył, że odłożyła haft i patrzyła prosto na niego.

— Oczywiście nie będzie to konieczne, Thomasie — powiedziała swoim łagodnym głosem, uśmiechając się do niego słodko. — Jestem zachwycona możliwością poznania panny Bentley. Jak mówisz, jest ona także i moją kuzynką. Z przyjemnością powitamy ją w rezydencji, czyż nie, mamo?

Uradowany, że Louisa jest po jego stronie, a także zadowolony z jej współczucia i chęci poznania Ellen, Thomas skinął jej radośnie głową. Wróciła do swojego haftu. Drobny uśmiech błąkał się na jej ustach, a na policzkach pojawił się rumieniec.

Mój Boże, jaka ona piękna.

Zatopiony w jej widoku, Thomas ledwie zauważył pełne urazy westchnienie Clarice i jej końcową uwagę: — Dobrze więc. Jeśli już *musisz.*

Reakcja Clarice, gdy tylko Thomas opuścił pokój, ujawniła jednak jej prawdziwe uczucia. Podniosła się z krzesła i zaczęła nerwowo chodzić w tę i z powrotem, szeleszcząc spódnicami i marszcząc brwi. — Nie mogę uwierzyć, że zamierza nam narzucić tę dziewczynę! —

zawołała, wyraźnie wściekła, że postawiono na swoim wbrew jej woli.

— On jest Amerykaninem, mamo — Louisa spokojnie postawiła kolejny ścieg. — Rozumiem, że mają zupełnie inne pojęcie o niższych klasach, w istocie zdaje się, że w ogóle nie uważają, że *istnieją* jakiekolwiek niższe klasy.

— Kompletna bzdura — prychnęła Clarice. — Istnieje naturalny porządek rzeczy. Sprowadzić tu pannę Bentley! Ciekawe, co wymyśli następnym razem. Im szybciej pójdzie po rozum do głowy i cię poślubi, tym lepiej.

— Takich spraw nie można pośpieszać, mamo — Louisa równo obcięła wystającą nitkę. — Sama mi to powiedziałaś. Powoli, łagodnie, tak by nie zorientował się, że jest w potrzasku, dopóki ten się nie zamknie. Już węszy, gotów połknąć przynętę.

— Czy musisz używać tych prostackich myśliwskich porównań, Louiso? Brzmisz wręcz krwiożerczo. — Clarice z niesmakiem zmarszczyła nos. — Upewnij się, moja droga, że Thomas nie dowie się o twojej bezwzględnej stronie, dopóki nie będziesz miała jego pierścionka na palcu.

— Nie obawiaj się, mamo. Mam wszystko pod kontrolą. Zapewniam cię, że panna Bentley nie stanie na przeszkodzie naszym planom. — Podniosła robótkę, obracając ją w tę i we w tę, by obejrzeć maleńkie, precyzyjne ściegi, które postawiła. Jakość pracy była niezaprzeczalna, lecz obserwator mógłby zakwestionować temat. Zamiast wyszywać piękny wzór z kwiatów czy motyli, igła Louisy nakreśliła krwawą scenę polowania: lisy wczepione w gardło powalonego jelenia, szkarłatne krople krwi plamiące zielone poszycie lasu w tle.

Uspokojona i podniesiona na duchu opanowaniem córki Clarice westchnęła i ponownie usiadła. — Dobrze, kochanie. Ze względu na ciebie postaram się udawać, że cieszę się z obecności tej dziewczyny.

— Myślę, że nie musisz posuwać się aż tak daleko, mamo. Pozwól, że ja się z nią zaprzyjaźnię, a ty zachowuj się, jakbyś tolerowała jej obecność tylko dlatego, że Thomas tak nakazał. Będzie chciała mieć przyjaciółkę i wkrótce będzie gotowa zrobić wszystko, o co ją poproszę, nie obawiaj się.

— A potem?

— Potem znajdę jej jakiegoś zalotnika, który się z nią ożeni i zdejmie ją nam z głowy. — Louisa wzruszyła ramionami. — Thomas może ją wyposażyć w posag kilkuset funtów i pomniejsi dziedzice będą się wokół niej roić, pragnąc skoligacić się z rodem Haversów.

— Hm. — Clarice zamyśliła się nad tym. — Przypuszczam, że w ten sposób mogłaby się nawet przydać. Pomyślę, kto mógłby być odpowiedni.

— Jak sobie życzysz, mamo. — Louisa podniosła robótkę i wróciła do wyszywania, będąc ucieleśnieniem dobrze urodzonej damy wypełniającej swój czas... dodając więcej krwi do sceny polowania na swoim obrazku.

Po raz drugi w ciągu roku Ellen została wyrwana z korzeniami, lecz tym razem awansowała w świecie. Nigdy nie była bliżej Haverford Hall, niż widząc posiadłość z daleka podczas spaceru na Wyck Beacon; poprzedni hrabia nie należał do tych, co chętnie witali w swych progach mieszkańców wioski. Posiadłość była naprawdę wspaniała, pomyślała, idąc aleją, z Demelzą u boku trzymającą ją za rękę i Johnem nieco przed nimi.

Thomas przysłał wóz bagażowy po jej rzeczy i zaprosił państwa Bledsloe, by towarzyszyli jej na podwieczorku, bez wątpienia mając nadzieję, że ich obecność pomoże jej odnaleźć się w nowym otoczeniu. W ciągu poprzedniego tygodnia wpadał niemal codziennie, zapewniając ją, że hrabina i lady Louisa z niecierpliwością czekają, by powitać ją w rezydencji, i dopytując, kiedy będzie gotowa do przeprowadzki. Jego entuzjazm był zaraźliwy, a Ellen poczuła niemałe podekscytowanie na myśl o tym, co może przynieść jej przyszłość.

Jednakże, gdy zbliżali się do rezydencji, Ellen poczuła, że mocniej ściska dłoń Demelzy.

— Pamiętaj tylko, że twoje miejsce jest tutaj — szepnęła Demelza, gdy podchodziły do wielkich drzwi. — Dostałaś imię na cześć lady Eleonory, twojej prababki, która urodziła się pod tym właśnie dachem. Masz pełne prawo tu być.

Biorąc głęboki oddech, Ellen ścisnęła dłoń przyjaciółki raz jeszcze, po czym ją puściła. Nie chciała, by widziano, jak czepia się jej niczym dziecko niańki.

Drzwi otworzyły się niemal natychmiast po pukaniu Johna, ukazując ubranego w formalny strój, srogiego kamerdynera. Ellen oczywiście wiedziała, kim jest; ród Allsoppów mieszkał w Haverford tak długo, jak szlachecka rodzina, której służyli, a ona sama widywała Allsoppa w kościele przy wielu okazjach.

— Dzień dobry, panie Bledsloe, pani Bledsloe — zaintonował Allsopp, a potem, ku zdziwieniu Ellen, ukłonił się jej. — Z największą przyjemnością witam wreszcie pannę Bentley.

Czyżby Allsopp się *uśmiechał*? Oszołomiona Ellen wymamrotała w odpowiedzi coś niezrozumiałego. Nie sądziła nawet, że kamerdyner o kamiennej twarzy w ogóle *potrafi* się uśmiechać.

— Rodzina zebrała się w salonie orientalnym — poinformował ich Allsopp. — Proszę pozwolić, że was tam zaprowadzę.

Kolejne zaskoczenie; Ellen pomyślałaby, że takie zadanie zostanie powierzone lokajowi, ale najwyraźniej oni — *ona* — byli uważani za na tyle ważnych gości, by zasłużyć na osobistą uwagę Allsoppa.

Thomas niemal zerwał się na równe nogi, gdy goście weszli do salonu, uśmiechając się promiennie. — Jesteście!

— Havers. — Bledsloe uścisnął mu dłoń na powitanie, po czym formalnie ukłonił się hrabinie i lady Louisie, które właśnie wstawały. — Lady Havers, lady Louiso.

— Panie Bledsloe. — Clarice skinęła mu głową po królewsku. — Nie przypominam sobie, by pańska żona była mi kiedykolwiek przedstawiana.

Demelza ani trochę się nie speszyła. — Widziałyśmy się wielokrotnie w kościele, wasza wysokość — powiedziała dość sucho, dygając tak nisko, by okazać hrabinie należny szacunek, ale bez przesady.

Uśmiech Clarice wyglądał, jakby został namalowany, ale nie powiedziała nic więcej, gdy John przedstawił jej i Louisie Demelzę. Louisa przynajmniej wydawała się bardziej przyjazna, mówiąc:

— Miło mi panią poznać, pani Bledsloe.

— Mnie również, lady Louiso.

Ellen cofnęła się, przygryzając wargę, ale Thomas na to nie pozwolił. Chwytając ją za rękę, położył ją na swoim ramieniu i poprowadził do przodu.

— Wiem, że zechcesz przyłączyć się do mnie, by powitać Ellen w naszym domu, ciociu.

— Oczywiście. — Clarice łaskawie skinęła głową. — Choć, drogi Thomasie, naprawdę musisz pamiętać, by nazywać ją panną Bentley w towarzystwie. Doprawdy, czy wszyscy Amerykanie są tak nieformalni?

— Większość z nich jest znacznie mniej formalna ode mnie, ciociu Clarice — odparł Thomas ze śmiechem. — Ale pomyśl o korzyściach. Żaden mój błąd w tytulaturze nie odbije się na tobie niekorzystnie. Możesz wręcz współczuć urażonej stronie, informując ją, że jestem tylko nieokrzesanym Amerykaninem!

W jego słowach było wyraźne ukłucie; Clarice, daleka od przyjęcia nagany, jedynie prychnęła. — *Jesteś* hrabią. Niewielu jest tych, których mogłaby słusznie urazić jakakolwiek nieformalność w twoim zwracaniu się do nich. Myślałam jedynie o reputacji panny Bentley. Dla jej dobra należy unikać nadmiernej poufałości, aby nie powstały mylne przypuszczenia.

Louisa zachichotała za wachlarzem dłoni, a Thomas, który miał właśnie zapytać, o jakiego rodzaju *przypuszczeniach* Clarice mówi, zamknął usta. Reputacja młodej damy była najważniejsza, a w Anglii zasady etykiety były jeszcze surowsze niż w Ameryce, co już zdążył zauważyć.

— Tak, ciociu Clarice — powiedział w końcu skruszonym tonem.

Ellen nie odezwała się ani słowem od wejścia do pokoju. Wykorzystała ciszę, która teraz zapadła, by dygnąć i powiedzieć cicho:

— Jestem zaszczycona mogąc poznać waszą wysokość.

Clarice po królewsku skinęła głową, po czym przechyliła ją na bok i z namysłem przyjrzała się Ellen. — Masz trochę kolorytu Haversów, choć nie oczy. I nos Haversów.

Ręka Ellen instynktownie uniosła się, by dotknąć wspomnianej cechy, po czym znów opadła. — Tak mi mówiono.

— Widziałem tylko portret twojej prababki, lady Eleonory, jako dziecka — wtrącił Thomas — ale może w zbiorach jest gdzieś jej wizerunek z późniejszych lat?

— Masz całkowitą rację, kuzynie — powiedziała Louisa, uśmiechając się słodko do Ellen. — Znajduje się on w pokoju muzycznym na parterze. Kuzynko Ellen, muszę powiedzieć, że jesteś do niej bardzo podobna. Oczywiście z wyjątkiem oczu.

Ellen odwzajemniła uśmiech, z ulgą przyjmując, że druga dziewczyna wydaje się przyjaźnie nastawiona. — Z przyjemnością bym go zobaczyła, jeśli zechciałaby mi go pani pokazać, lady Louiso.

— Nie teraz, kochanie, zaraz będziemy pić herbatę. Usiądź tu obok mnie, jeśli łaska — powiedziała Clarice tonem, który jasno wskazywał, że wydaje polecenie. Thomas zmarszczył brwi, patrząc na ciotkę, ale Ellen nie sprzeciwiła się, jedynie zajęła wskazane miejsce z uśmiechem na twarzy i z wszelkim pozorem bycia zaszczyconą uwagą Clarice.

— Jak się panu podoba Gloucestershire, milordzie? — zapytała wtedy Demelza. — Zdaje pan sobie zapewne sprawę, że Cotswolds uważa się za jedną z największych piękności Anglii? Czy w Ameryce jest coś, co mogłoby się z tym równać?

Thomas uśmiechnął się, zwracając się do niej. — Okolica jest rzeczywiście bardzo piękna i zupełnie inna od tego, do czego jestem przyzwyczajony. Ameryka jest rozległa i bardzo zróżnicowana krajobrazowo, choć z żalem muszę przyznać, że nie podróżowałem po kraju tyle, ile bym chciał. Raz pojechałem z dziadkiem zobaczyć wielki wodospad Niagara, który był najbardziej spektakularnym widokiem, jaki kiedykolwiek widziałem.

— Widziałam kiedyś rysunek tego wodospadu — odezwała się nieco zaskakująco Ellen. — Czy to nie tam brat Bonapartego spędzał miesiąc miodowy ze swoją pierwszą żoną?

Wszyscy w pokoju wlepili w nią wzrok. Policzki Ellen oblały się rumieńcem. — Czasami tata pokazywał mi gazety i omawiał ze mną różne sprawy — wymamrotała.

— Damy z *towarzystwa* nie czytają *gazet*, kochanie — powiedziała protekcjonalnie Clarice.

Thomas zobaczył, jak w oczach Ellen na chwilę błysnął bunt, zanim spuściła wzrok na dłonie splecione na kolanach. Natychmiast w duchu przyrzekł sobie, że dopilnuje, by Ellen miała możliwość przeglądania gazet, kiedy tylko zechce, i omawiania ich również z nim. Prawdopodobnie miała znacznie lepsze rozeznanie w bieżących sprawach Anglii niż on.

— Czy to prawda, że po oceanie pływają góry lodu? — Demelza z gracją zmieniła temat.

— Słyszałem o tym, ale nie widziałem ich podczas mojej podróży do Anglii. Oczywiście, miałem szczęście odbywać przeprawę w pełni lata; zimowe rejsy są znacznie bardziej niebezpieczne, jak rozumiem — odparł Thomas, zwracając się do niej z uśmiechem.

Po podwieczorku, podczas którego Thomas i Demelza podtrzymywali rozmowę przy niewielkim udziale pozostałych, John i Demelza pożegnali się, a Clarice wezwała pokojówkę, by pokazała Ellen jej pokój, podczas gdy Thomas odprowadził Johna i Demelzę.— Susan będzie twoją osobistą pokojówką, panno Bentley — powiedziała Clarice, wskazując na dziewczynę, która dygnęła tak nisko, że jej kolana prawie dotknęły podłogi. — Została dobrze wyszkolona na damę do towarzystwa. Ufam, że będzie pani z niej zadowolona.

— Nie spodziewałam się tak wielkiej hojności, by w ogóle przydzielono mi pokojówkę, pani — powiedziała Ellen. — W istocie jest to całkowicie niepotrzebne. Jestem przyzwyczajona do radzenia sobie sama.

Louisa zachichotała cicho za wachlarzem dłoni; Clarice jedynie uniosła głowę nieco wyżej. — To byłoby zupełnie niestosowne — to wszystko, co powiedziała, i rozmowa dobiegła końca.

ROZDZIAŁ PIĄTY

Haverford Hall było niczym labirynt, co Ellen odkryła, podążając za Susan przez pozornie niekończące się korytarze, wciąż to wchodząc, to schodząc po krótkich biegach schodów. Wiedziała, że rezydencję budowano etapami, a jej najstarsza część pochodziła z czternastego wieku. Kolejni właściciele dobudowywali nowe skrzydła, aż osiągnęła obecne rozmiary. Z zewnątrz dom wyglądał dość spójnie: trzy skrzydła na planie kwadratu wzniesiono ze złocistego kamienia z Cotswold. Wewnątrz jednak, przynajmniej po opuszczeniu reprezentacyjnych pomieszczeń od frontu, panował istny gąszcz.

— Chyba będę potrzebowała mapy, Susan — rzekła z humorem, gdy wreszcie dotarły do jej nowego pokoju. A raczej *pokojów*, jak wkrótce odkryła, kiedy Susan otworzyła drzwi, by ją wprowadzić do środka; miała do dyspozycji prywatny salonik, garderobę, a za nią sypialnię, wszystko umeblowane znacznie bardziej luksusowo niż jakikolwiek pokój, jaki kiedykolwiek w życiu zajmowała. Rozejrzała się z podziwem, zastanawiając się, jak zdoła przywyknąć do takich luksusów.

— Wkrótce się pani odnajdzie, panno Bentley — powiedziała nieśmiało Susan. — Poza tym mam łóżko w pani garderobie, więc mogę panią zaprowadzić, dokąd tylko pani zechce, dopóki nie pozna pani rozkładu domu.

Wdzięczna za tę troskę, Ellen kiwnęła głową. Susan, jak widziała, zdążyła już rozpakować jej rzeczy i powiesić kilka sukien w jednej z szaf. Wyglądały nędznie i żałośnie w tej obszernej przestrzeni, a była to zaledwie jedna z szaf.

Pukanie do drzwi saloniku sprawiło, że Ellen się odwróciła. Była już w połowie drogi, by sama otworzyć, gdy Susan przemknęła obok niej z paniką w szeroko otwartych oczach.

— Och nie, panno Bentley, musi pani pozwolić, abym to ja otworzyła!

Najwyraźniej nie wolno jej było robić niczego samej. Ellen zastanowiła się, co właściwie *wolno* jej robić, gdy Susan otworzyła drzwi i ukazał się za nimi Thomas.

— Podobają ci się pokoje? — zapytał Thomas, gdy tylko Susan go wpuściła. — Myślę, że ciocia Clarice, gdyby mogła, umieściłaby cię na strychu z pomywaczkami, ale Louisa zaproponowała ten apartament dla gości. Nazywają go Żółtym Pokojem.

Ellen od razu zrozumiała dlaczego: meble obito tapicerką w delikatnym odcieniu złocistej żółci, która pasowała do wyposażenia łóżka i zasłon w oknie. Na szczęście osoba, która dobierała wystrój, miała wyczucie subtelności i nie przesadziła z kolorem; dywany na podłodze były granatowe, co pięknie podkreślało złocistą żółć.

— To bardzo ładne pokoje, dziękuję ci — odparła szczerze. — Znacznie wspanialsze, niż się spodziewałam. Nie wątpię, że nawet pokoje służby na strychu są całkiem wygodne.

— Nie tak bardzo, jak bym chciał — powiedział Thomas, dość nieoczekiwanie. — Obejrzałem je dziś rano. Nie pozwolę, by moja służba żyła w nędznych warunkach, podczas gdy ja pławie się w luksusach; zlecę zakup kilku nowych łóżek i krzeseł i zamierzam polecić gospodyni, by zapewniła dodatkowe koce dla każdego, kto o nie poprosi, a także wystarczającą ilość drewna i węgla do wszystkich kominków. Zmarzłem kiedyś, zimy w Nowym Jorku są srogie, i nie chciałbym, aby ktokolwiek cierpiał z zimna, jeśli mogę temu zapobiec.

Susan spojrzała na Thomasa z niemal nabożną czcią. — To bardzo łaskawie z pańskiej strony, milordzie — powiedziała nieśmiało. — Dzieliłam jeden z tych pokoi z siostrą Agnes, zanim jejmość poleciła mi przenieść się tutaj i usługiwać pannie Bentley. Martwiłam się, że będzie jej zimno tej zimy.

— Nikt w Haverford Hall nie zmarznie tej zimy, to obietnica — powiedział stanowczo Thomas. — Ani w wiosce Haverford, jeśli dopnę swego. Ellen, wydaje mi się, że jako córka pastora prawdopodobnie znasz wszystkich mieszkańców i ich potrzeby znacznie lepiej niż moja ciotka.

— Wątpię, by lady Havers znała kogokolwiek, kto ma какиеколwiek *potrzeby* — wyrwało się Ellen, zanim zasłoniła usta dłonią. — Proszę o wybaczenie. Nie powinnam była tego mówić — wymamrotała przez palce z policzkami płonącymi rumieńcem.

— Dlaczego nie? To niemal na pewno prawda. Ciocia Clarice dokłada wszelkich starań, by zadawać się wyłącznie z wyższymi sferami; znam ją ledwie od tygodnia, a to już jest całkiem oczywiste. Ani ona, ani lady Louisa nigdy nie odwiedzały dzierżawców, czy to w celach charytatywnych, czy innych, jak zrozumiałem od gospodyni, i muszę przyznać, że mi się to не podoba. Nie pasuje to do opowieści dziadka o obowiązkach hrabiego; opowiadał mi, że regularnie towarzyszył matce i siostrze podczas ich wizyt.

— Chętnie bym o tym posłuchała — powiedziała Ellen z zapałem. Spojrzała na Susan, która zrozumiała aluzję.

— Czy mogę zadzwonić po jakieś przekąski dla pani, panno Bentley, i dla milorda?

— Dopiero co piliśmy herbatę, dziękuję... Jak masz na imię?

— Susan, milordzie — odparła, dygnęła z głębokim szacunkiem.

— Może po prostu usiądź tam przy drzwiach, które zostawimy otwarte? Aby zapewnić przyzwoitkę lordowi Haversowi i mnie, gdyby ktoś przypadkiem przechodził — zaproponowała Ellen. Widząc zdziwione zmarszczenie brwi Thomasa, zdała sobie sprawę, że nie zrozumiał, dlaczego o to poprosiła. — Nie możemy rozmawiać na osobności w pokoju z zamkniętymi drzwiami — pouczyła go łagodnie. — Nawet jeśli jesteśmy kuzynami, a ja technicznie jestem twoją podopieczną.

— Rozumiem.

Nie była pewna, czy faktycznie tak było. Biorąc pod uwagę jej podejrzenia co do motywów lady Louisy wobec niego, nie była też pewna, czy można polegać na jego ciotce i drugiej kuzynce, że dopilnują, aby zrozumiał wszystkie inne zasady angielskiego towarzystwa.

— Ty uniknąłbyś nagany, ale moja reputacja mogłaby zostać bezpowrotnie zrujnowana — ostrzegła Ellen. — Nigdy nie powinieneś pozwalać sobie na przebywanie sam na sam z żadną niezamężną kobietą, Thomasie, inaczej можеш stanąć w obliczu rozzłoszczonego ojca, zdeterminowanego, by zmusić cię do małżeństwa. Ja такого nie mam — jej uśmiech był smutny — więc ja byłabym po prostu zrujnowana. Jako krewni mamy nieco więcej swobody niż większość, ale powinieneś pamiętać, że jest mnóstwo pań, które będą próbowały usidlić cię w małżeństwie. Jesteś bogaty, utytułowany, młody i przystojny. Unikaj przebywania gdziekolwiek samemu.

— Na wypadek, gdyby nagle dołączyła do mnie młoda dama, a chwilę później odnalazłby nas razem rozwścieczony ojciec? — Thomas zrozumiał, do czego zmierza Ellen. Kręcąc głową na myśl o такой manipulacji, nagle się uśmiechnął. — Będziemy musieli chronić się nawzajem; ty będziesz mnie chronić przed pannami na wydaniu, a ja ciebie przed młodymi mężczyznami, którzy bez wątpienia będą się wokół ciebie roić!

Ellen zamrugała. — Jacymi młodymi mężczyznami?

— Kiedy pojedziemy do Londynu, oczywiście.

— Do Londynu? — Spojrzała na niego z niedowierzaniem. — Co masz na myśli, mówiąc „kiedy *my* pojedziemy do Londynu"?

Thomas kilkakrotnie otworzył i zamknął usta, w końcu przybierając dość zmieszany wyraz twarzy. — W całym tym zamieszaniu z twoją przeprowadzką, właśnie zdałem sobie sprawę, że zaniedbałem poinformowania cię o planach, jakie snuje moja ciotka — powiedział. — Obecnie trwa mały sezon towarzyski, a ona uważa, że to dobry moment, bym zanurzył stopy w głębokich wodach londyńskiego towarzystwa. Za dziesięć dni całe domostwo przeniesie się do rezydencji Haversów w Belgravii.

Ellen przez chwilę milczała, rozważając sytuację. Jasne było, że jej możliwości są ograniczone; przypuszczała, że gdyby narobiła wystarczająco dużo hałasu, mogłaby zostać u Johna i Demelzy, podczas gdy reszta pojechałaby do Londynu, ale jeśli miała być ze sobą szczera, od zawsze marzyła o zobaczeniu stolicy.

— Wciąż jesteśmy w żałobie — powiedziała w końcu, wiedząc, że to słaba wymówka.

— To prawda, ale minęło już ponad pół roku. Ciocia Clarice i Louisa odłożyły swoje czernie i szarości na rzecz fioletu i lawendy; ty mogłabyś zrobić to samo. — Posłał jej zachęcający uśmiech. — Uroczo byś wyglądała w lawendzie.

Roześmiała się, myśląc o zawartości swojej szafy. Każdą suknię, jaką posiadała, przerobiła albo z sukni matki, albo z własnej. Większość była czarna, ufarbowana z původních kolorów, gdy przywdziała żałobę. Pozostałe czekały starannie schowane na dzień, w którym ją zdejmie. Nie było wśród nich niczego lawendowego ani fioletowego. Nie mogła też niczego pożyczyć od Louisy ani lady Havers, nawet gdyby chciały jej coś pożyczyć; była od nich o dłoń wyższa i każda z ich sukien odsłaniałaby na niej o wiele za dużo kostki.

— Co cię tak bawi? — Thomas spojrzał na nią pytająco.

— Nie mam nic odpowiedniego, by pokazać się w Londynie, kuzynie. Moje suknie tutaj świadczą, że jestem ubogą krewną; tam uznają, że jestem służącą przyłączoną do waszego domu. — Spojrzała na niego prosto w oczy. — Doskonale wiesz, że jestem bez grosza, więc jaki jest twój plan?

— Oboje będziemy potrzebować nowych strojów — odparł Thomas, najwyraźniej niewzruszony. — Moda w Londynie chyba nieco różni się od nowojorskiej, a nie chcę wyglądać jak nieobyty kolonista. Ciocia Clarice i Louisa już planują zamówienie dla siebie nowych sukien; wszystkie rachunki mają być wysyłane do mnie. Nie wątpię, że ciocia Clarice z przyjemnością doradzi ci, co powinnaś zamówić.

Ellen nie była tego taka pewna, ale po raz kolejny doszła do wniosku, że nie ma wielkiego wyboru. *Potraktuj to jak przygodę*, powiedziała sobie. *Ileż to razy marzyłaś o wyjeździe do Londynu, o zobaczeniu miejsc, o których czytałaś tylko w książkach i gazetach?*

— Muszę przyznać, że bardzo nie mogę się doczekać zobaczenia Londynu — powiedział Thomas, nieświadomie wtórując jej myślom. — Tyle o nim czytałem!

Nabierając ducha myślą o nadchodzącej przygodzie i všech nowych miejscach, które zobaczy, Ellen uśmiechnęła się do niego z determinacją. — Ja też, Thomasie. Powiedz mi, co chcesz zobaczyć najpierw?

ROZDZIAŁ SZÓSTY

Ellen trudno było uwierzyć, jak wielką ilość bagażu lady Clarice uważała za niezbędną, by przenieść się na kilka tygodni do Londynu. Kufer za kufrem pakowano i ładowano na istną procesję wozów bagażowych, mimo że zarówno Clarice, jak i Louisa nieustannie rozprawiały o całkiem nowych garderobach, które zamierzały zamówić dla siebie po przyjeździe do miasta.

Thomas wypowiedział na głos to, co Ellen sama pomyślała, rzucając zdegustowane spojrzenie na górę kufrów przymocowanych już do jednego z wozów.

— Co zamierzasz zrobić z tymi wszystkimi rzeczami, ciociu? Masz tu spakowanych dość ubrań, by w Londynie nosić trzy różne stroje dziennie. Czy mam zatem rozumieć, że mimo wszystko nie zamierzasz odwiedzać modystek?

Clarice zmierzyła go wyniosłym spojrzeniem znad długiego nosa i prychnęła z pogardą. — Nie masz pojęcia o londyńskiej modzie, Thomasie, ani o tym, co jest potrzebne, by nasza rodzina pozostała w pierwszych kręgach towarzystwa.

— Prawda — przyznał Thomas z westchnieniem. — Dobrze więc, ciociu Clarice. Rób, jak uważasz.

— I tak zrobię. — Odwracając od niego głowę, zawołała: — Ostrożnie z tym pudłem na kapelusze, człowieku! Jest w nim mój ulubiony kapelusz!

— Tak jest, jaśnie pani — odparł nieszczęsny lokaj, do którego się zwróciła.

— Chodź — Ellen dotknęła ramienia Thomasa. — Pójdziesz ze mną na spacer, kuzynie?

— Owszem, sądzę, że spacer to jest właśnie to, czego mi teraz trzeba. — Thomas potrząsnął głową. — To wszystko... Ja spakowałem ubrania i przeniosłem się na inny *kontynent* z kilkudniowym wyprzedzeniem, bez nadziei na powrót do starego domu. Wszystko, bez czego absolutnie, pod żadnym pozorem nie mógłbym żyć, zmieściło się w zaledwie dwóch kufrach.

Ellen nic nie odpowiedziała, gdy szli jedną z krętych ścieżek prowadzących przez słynny ogród różany rezydencji. Cały jej dobytek, cenny czy też nie, nie wypełnił nawet jednego kufra, który pożyczyła od Demelzy, by przewieźć go do Haverford Hall. Nie potrafiła sobie wyobrazić, że mogłaby kiedykolwiek posiadać tyle pięknych sukien, ile miały Louisa i Clarice, nie mówiąc już o pragnieniu posiadania kolejnych.

— Cieszysz się na wyjazd do Londynu? — zapytał Thomas. — Na nowe suknie i poznanie nowych ludzi?

— Nie zależy mi szczególnie na nowych sukniach — odparła Ellen — chociaż lady Havers nalega, że muszę je mieć, i przyjmę jej radę w tej kwestii. Za nic w świecie nie chciałabym przynieść rodzinie wstydu, mimo że w istocie jestem ubogą krewną.

— *Nie* jesteś ubogą krewną — powiedział stanowczo Thomas. — Jesteś jedną z niewielu żyjących członków rodu Haversów.

— Najuboższą z nich.

— Na razie. — Uśmiechnął się tajemniczo i nie chciał powiedzieć nic więcej, nawet gdy Ellen na niego naciskała. Zaprzyjaźnili się ze sobą przez te kilka dni, które spędziła w rezydencji. Okazało się, że oboje lubili wstawać wcześnie rano i regularnie spotykali się w pokoju śniadaniowym. Już pierwszego dnia Thomas zaskoczył ją, pytając, czy chciałaby zobaczyć bibliotekę. Ellen z zapałem się zgodziła i była zachwycona, gdy z nonszalancją wskazał na stół w obszernym pomieszczeniu i zauważył, że gazety są tam zawsze zostawiane, gdy on już je przejrzy.

— Allsopp ma polecenie, by nie pozbywać się ich przez siedem dni — zaznaczył Thomas — na wypadek, gdybym chciał do czegoś wrócić. Oczywiście.

— Oczywiście — powtórzyła z podziwem Ellen, rozglądając się po bibliotece. Nigdy nie wyobrażała sobie, że może istnieć aż tyle książek, nie mówiąc już o trzymaniu ich wszystkich w jednym pokoju. Na dębowych półkach musiały stać tysiące woluminów.

Podążając za jej spojrzeniem, Thomas powiedział: — Wygląda na to, że poprzedni hrabia był zapalonym czytelnikiem. O ile mi wiadomo, znaczna część kolekcji została dodana za jego życia. Możesz pożyczyć każdą książkę, która wpadnie ci w oko, Ellen.

Nie miał pojęcia o ogromie daru, jaki właśnie jej ofiarował, wiedziała to. Nie potrafiła odpowiednio wyrazić swojej wdzięczności, ale próbowała, plącząc się w słowach, aż Thomas wziął jej dłoń w swoją i lekko ucisnął palcami.

— Haverford Hall jest teraz twoim domem, Ellen. To twoja biblioteka w takim samym stopniu, jak moja. Nie musisz mi dziękować.

Wiedziała, że się mylił, ale nie chciał słyszeć jej okrzyków wdzięczności, potrząsając tylko głową i mówiąc, że zostawi ją, by mogła swobodnie się rozejrzeć.

Od tamtej pory codziennie jadali razem śniadanie, a Thomas poświęcał czas, by pytać ją, co czyta, i dyskutować z nią o tym. Był dobrze oczytany, jak odkryła Ellen; najwyraźniej uczęszczał na amerykański uniwersytet Harvarda, który Amerykanie uważali za równie dobry jak Oksford czy Cambridge. Nie lekceważył też jej opinii tylko ze względu na płeć, co było dla niej nowością. Nawet jej ojciec od czasu do czasu mówił jej, że nie może czegoś zrozumieć tylko dlatego, że jest kobietą.

Ellen miała nadzieję, że w Londynie będą mogli kontynuować swój poranny zwyczaj. — Czy londyński dom ma bibliotekę? — przyszło jej do głowy zapytać, gdy wraz z Thomasem zawrócili podczas spaceru, by wrócić do rezydencji.

— Byłbym bardzo zdziwiony, gdyby jej nie miał, choć być może nie jest tak pokaźna jak ta tutaj. Pomyśl jednak, jakie możliwości zakupów oferuje Londyn! Nie mam wątpliwości, że będzie tam mnóstwo księgarni; jeśli uznamy, że biblioteka w miejskiej rezydencji jest niewystarczająca, będziemy mieli wiele okazji, by ją wzbogacić.

Ellen uśmiechnęła się na jego entuzjazm. — Będziesz z pewnością zbyt zajęty, wstępując do dżentelmeńskich klubów i wygłaszając mowy w Izbie Lordów.

— Jakże mógłbym sensownie przemawiać w Izbie Lordów, jeśli nie czytałbym wiadomości i nie omawiał ich z tobą, Ellen? — Thomas roześmiał się. — Poza tym nie jestem pewien, czy angielscy dżentelmeni będą zainteresowani towarzystwem nieokrzesanego Amerykanina.

Był zdenerwowany, uświadomiła sobie Ellen z niedowierzaniem. — Oczywiście, że będą — powiedziała stanowczo — cała okoliczna szlachta, która przybyła, by cię poznać, była bardzo przyjazna.

Haverford Hall było wręcz oblegane przez wszystkich, którzy mogli znaleźć dobry pretekst do wizyty, wszyscy chętni, by poznać nowego hrabiego i przypodobać się mu. Thomas nalegał, by przedstawiać im również Ellen, mimo że wielu z nich już ją znało i patrzyło z ukosa, gdy Thomas przedstawiał ją jako swoją kuzynkę, na równi z lady Louisą. Nikt z nich nie chciał jednak urazić Thomasa, więc wszyscy byli uprzejmi, przynajmniej publicznie, choć widziała kilka drwiących uśmieszków skierowanych w jej stronę, gdy uwaga Thomasa była gdzie indziej.

— Wozy bagażowe są gotowe do odjazdu, panie hrabio, za pańskim pozwoleniem — przywitał ich Allsopp, gdy ponownie weszli do rezydencji.

— Oczywiście, jeśli wszystko, czego życzy sobie moja ciotka, zostało spakowane — Thomas skinął głową na znak zgody. Wozy wysyłano z wyprzedzeniem, aby wszystko było już w Londynie, gdy przyjadą; rodzina miała wyruszyć dopiero następnego ranka i planowała podróżować przez dwa dni. Lady Clarice już zorganizowała im noclegi u arystokratycznych rodzin, które mieszkały na trasie ich podróży. Dla rodziny Haversów nie było mowy o przydrożnych zajazdach; kiedy Thomas zapytał, z jakimi karczmami powinni się skontaktować, by zarezerwować pokoje na przerwę w podróży, myślał, że Clarice zemdleje z przerażenia.

— Zajazd! — krzyknęła. — Z pospólstwem... i robactwem... i kto wie, jakie okropne jedzenie by nam podano! Po moim trupie moja Louisa postawi stopę w takim miejscu!

Ellen niezbyt cieszyła się na spędzenie dwóch dni w powozie w towarzystwie lady Clarice i lady Louisy. Thomas już ogłosił swój zamiar jazdy na ogierze przez większość podróży, przynajmniej dopóki pogoda będzie sprzyjać, a ona zazdrościła mu tej możliwości. Spoglądając w niebo, gdy wchodzili do rezydencji, Ellen wzniosła cichą modlitwę o deszcz. Obecność Thomasa w powozie uczyniłaby podróż o wiele bardziej znośną. Clarice i Louisa nie krytykowały jej bezpośrednio, ale zawsze czuła się osądzana i oceniana jako gorsza, gdy ich chłodne, niebieskie oczy spoczywały na niej.

Z drugiej strony, myśl o siedzeniu w powozie i obserwowaniu, jak Thomas i Louisa puszczają do siebie maślane oczy, również nie była zbyt pociągająca.

Tego popołudnia poszła do wioski, by odwiedzić Johna i Demelzę i pożegnać się z nimi przed wyjazdem. Towarzyszyli jej lokaj i pokojówka, którzy czekali, by odprowadzić ją z powrotem; mimo roześmianych protestów Ellen, że chodziła sama po całym Haverford, odkąd tylko wyrosła z dziecięcych szelek, w tej kwestii Thomas stanął po stronie lady Clarice, która załamała ręce z przerażenia na samą myśl o tym. Ellen starała się więc udawać, że dwójka sług nie istnieje, idąc przodem i cicho nucąc pod nosem, ciesząc się rześkim powietrzem w ten przyjemny wrześniowy dzień.

— Ellen! — zawołała Demelza z całą swoją zwykłą serdecznością, ale jej bystre oczy szybko dostrzegły, że coś trapi jej młodszą przyjaciółkę. Odprawiwszy dzieci obietnicą ciasta za pół godziny, jeśli będą się do tego czasu cicho bawić, zaprowadziła Ellen do salonu i zamknęła drzwi. — Droga dziewczyno, co się stało?

Ellen próbowała protestować, że wszystko jest w porządku, ale ugięła się pod naporem szczerej, łagodnej troski Demelzy i w końcu wyznała wszystkie swoje obawy i zmartwienia związane z wyjazdem do Londynu.

— ...i po prostu *wiem*, że wszyscy będą na mnie patrzeć i widzieć we mnie tę ubogą wiejską kuzynkę, którą jestem — zakończyła wreszcie Ellen, a Demelza wstała i objęła ją ciepłym, pocieszającym uściskiem.

— Zobaczą w tobie uroczą, troskliwą, piękną młodą kobietę, którą jesteś — zapewniła ją. — Podbijesz Londyn, Ellen; nie wątpię, że wrócisz zaręczona z księciem lub kimś innym, szalenie ważnym, kto pozna się na tobie jak na skarbie nad skarby.

Ellen roześmiała się przez gulę w gardle. — Nie sądzę, bym była dobrą księżną.

— Byłabyś wspaniała — powiedziała lojalnie Demelza. — *Będziesz* wspaniała. Obiecaj, że napiszesz i opowiesz mi o wszystkim?

— Będę pisać tak często, że wydasz całe swoje kieszonkowe na opłacenie poczty i odpiszesz, błagając, bym przestała. — Ellen musiała powstrzymywać łzy, gdy Demelza mocno ją przytuliła.

— Nigdy — obiecała Demelza. — John nigdy nie pożałowałby mi twoich listów, najdroższa. Będziesz pisać tyle, ile zechcesz, a ja będę odpisywać, choć nasze nudne życie nie będzie zbyt interesujące.

— Och, nigdy tak nie mów — uśmiechnęła się Ellen przez załzawione oczy. — Twoje opowieści o wybrykach chłopców z pewnością dostarczą mi wielkiej rozrywki!

Huk w sąsiednim pokoju sprawił, że obie się wzdrygnęły. — A skoro o tym mowa — powiedziała Demelza z westchnieniem — wiedziałam, że jest zbyt pięknie, by mogło być prawdziwie.

— Chodź, nie mogą się doczekać ciasta, a ty dodałaś mi otuchy. — Ellen uśmiechnęła się dzielnie, a jej przyjaciółka wzięła ją za rękę i uścisnęła.

— Wszystko będzie dobrze, najdroższa. Po prostu bądź sobą, a wkrótce zdobędziesz przyjaciół.

Ellen mogła tylko mieć nadzieję, że Demelza ma rację.

ROZDZIAŁ SIÓDMY

Dom Haversów w Londynie był równie okazały jak Haverford Hall, choć na szczęście nie na tak wielką skalę. Na szczęście pozwolono Susan jej towarzyszyć, więc Ellen nie czuła się całkiem osamotniona, a służba w domu Haversów okazała się równie miła i gościnna jak ta w posiadłości — przynajmniej gdy nie znajdowała się pod czujnym okiem lady Clarice. Nikt nie ośmielał się nawet uśmiechnąć, jeśli patrzyła.

Było oczywiste, że Clarice i Louisa, gdyby tylko im na to pozwolono, ignorowałyby Ellen i zostawiały ją w pokoju, kiedy wychodziły, ale Thomas jasno wyraził swoje oczekiwania. Ellen miała otrzymać nową, modną garderobę i towarzyszyć Clarice oraz Louisie na wszelkich spotkaniach, na które zostaną zaproszone.

— W takim razie przez co najmniej tydzień nie możemy przyjmować żadnych zaproszeń — prychnęła Clarice z odrazą — gdyż Ellen nie ma ani jednej rzeczy, w której mogłaby się pokazać, a ja nie pozwolę, by przyniosła rodzinie wstyd. Krawcowej zajmie co najmniej tydzień, by przygotować nowy strój czy dwa!

— Nikt nie ma nic gotowego, co można by dostarczyć wcześniej? — zapytał Thomas.

— Gotowego! Masz na myśli stroje odrzucone przez inne damy jako gorszej jakości lub niemodne! — głos Clarice przeszedł w pisk.

— Ach. No dobrze. W takim razie. — Thomas rzucił Ellen nieco osaczone spojrzenie, a ona uśmiechnęła się do swojej filiżanki. — Oczywiście, zdajemy się na twoją ekspertyzę, ciociu Clarice.

— Owszem, musicie. — Clarice chrząknęła, a jej nastroszone piórka wyraźnie opadły. — Jutro z samego rana udamy się do krawcowej. I wiesz, nie chodzi tylko o nowe suknie; musimy mieć buty, rękawiczki, kapelusze i... może jakąś biżuterię?

Thomas otworzył usta, po czym znowu je zamknął, a Ellen zastanawiała się, co zamierzał powiedzieć. Zacisnął wargi i skinął głową. — Ja zajmę się biżuterią. Coś prostego, Ellen?

— Tak, poproszę — odparła z wdzięcznością. — W końcu wciąż jestem w półżałobie.

— Co jest takim utrapieniem — wtrąciła Louisa. — Chociaż lawendowy mi pasuje, jestem nim już dogłębnie zmęczona.

— Jeszcze trzy miesiące, najdroższa, i będziesz mogła nosić wszystkie jaskrawe kolory, jakich zapragniesz. Może rozejrzymy się za złożeniem kilku zamówień już teraz — powiedziała z namysłem Clarice.

— Z pewnością nie, za trzy miesiące moda się zmieni, matko! — zawołała z obrzydzeniem Louisa. Po czym zmrużyła oczy. — Chociaż może mogłybyśmy kupić trochę najlepszej jakości tkanin i odłożyć je na później.

— Doskonały pomysł — przytaknęła Clarice. — Wtedy nikt inny ich nie będzie miał!

Thomas ponownie napotkał wzrok Ellen i widziała, że tłumił śmiech. Ona znowu ukryła uśmiech za filiżanką, choć zbladł on na myśl, że Thomas przynajmniej mógł uciec od snobizmu Clarice i Louisy, kiedy tylko zechciał, podczas gdy ona była uwięziona i zdana na łaskę ich kaprysów.

— Czego nie powiedziałeś? — zapytała cicho Thomasa, gdy oboje wychodzili z jadalni. — Kiedy ciocia Clarice powiedziała, że będę potrzebowała biżuterii.

— Ach. — Rzucił jej pełne skruchy spojrzenie. — Już miałem powiedzieć coś, co mogłoby wywołać niezłą burzę, i uznałem, że lepiej tego nie robić. Choć uważam, że jest to coś, do czego masz prawo... nie sądzę, by ciocia Clarice postrzegała to w ten sam sposób.

— Jesteś tajemniczy, Thomasie, powiedz mi! — Uszczypnęła go lekko w ramię, a on się roześmiał.

— Chciałem zasugerować, żeby otworzyła szkatułkę z klejnotami Haversów i podzieliła się z tobą niektórymi z nich. Jako hrabina, wydaje się, że mój wuj dał jej pieczę nad nią bez ograniczeń, a ja raczej nie mogę prosić, by mi ją oddała, skoro nie mam *nowej* hrabiny, której mógłbym ją przekazać.

— Oczywiście. Całkiem to rozumiem i jestem pewna, że wszystko, co się tam znajduje, byłoby dla mnie zbyt okazałe. Mam sznur pereł po mamie, który bardzo lubię i i tak wolałabym go nosić. — Dumnie uniosła podbródek. — Nie musisz mi nic kupować.

— Być może — odparł łagodnym tonem — ale robię to z przyjemnością, Ellen, i jak już mówiłem, uważam, że to nie mniej, niż należy ci się od hrabstwa. Noś perły swojej matki... a ja kupię ci jakieś kolczyki i bransoletkę lub dwie, i może broszkę do kompletu.

Gdyby to był ktoś inny, jej duma nigdy nie pozwoliłaby jej przyjąć podarunku, ale to był Thomas, a on już zdążył stać się jej najlepszym przyjacielem. Był miły, troskliwy i łagodny, dbał o uczucia wszystkich, niezależnie od tego, czy byli członkami jego rodziny, czy najniższym rangą sługą w Haverford Hall.

Ellen nie sądziła, by nawet jej rodzice, choć tak kochający, słuchali jej z taką uwagą, kiedy mówiła. Thomas słuchał tak, jakby na świecie nie było nikogo innego, z kim wolałby rozmawiać. Jakby jej opinie miały znaczenie, jakby *ona* miała znaczenie. Odbyli długie rozmowy o Haverford i jego mieszkańcach; twierdził, że jest ona zdecydowanie najlepszym źródłem informacji, jakie mógł mieć, a ona przyznała, że może nie jest to dalekie od prawdy. Louisa i Clarice ledwie raczyły zauważać kogokolwiek z wioski, podczas gdy Ellen miała kontakt z nimi wszystkimi w kościele, a większość z nich przychodziła kiedyś po radę do któregoś z jej rodziców. Ellen znała ich, znała ich potrzeby i zmartwienia, ich życie i kłopoty. Wiedziała, kto jest z kim spokrewniony, kto z kim jest skłócony, a kto i jedno, i drugie, a w większości przypadków znała też historie stojące za ich waśniami.

Chociaż Thomas przebywał w Haverford Hall zaledwie od kilku dni, już zaczął wprowadzać plany w życie. Wzywano ludzi do pracy, by wymieniali gnijące strzechy i naprawiali walące się mury w chatach dzierżawców, które nie widziały remontu od pokolenia.

John wpadł raz czy dwa, by omówić sprawy prawne, i wspomniał cicho Ellen, że nikt w wiosce nie może powiedzieć złego słowa o Thomasie. A on pozostawił Johnowi upoważnienie do załatwiania wszystkich drobnych spraw, które mogłyby się pojawić podczas pobytu rodziny w Londynie, aby nikt nie musiał cierpieć, czekając na wymianę listów.

— Jesteś tak bardzo miły, Thomasie — powiedziała cicho — i bardzo bym chciała mieć jakieś kolczyki.

— I bransoletki, i broszkę. Może szpilkę do włosów lub dwie. — Uśmiechnął się do niej bez skruchy, a ona nie mogła powstrzymać śmiechu.

— Biorąc pod uwagę, ile sukien, jak twierdzi ciocia Clarice, muszę mieć, a za które wszystkie ty będziesz płacić, przypuszczam, że szpilka do włosów lub dwie nie zrobią wielkiej różnicy dla twojej sakiewki!

— Moja sakiewka wytrzyma każdy wydatek, jaki tylko zdołasz zrobić. Obiecuję.

Ellen stała na podeście, a krawcowa przypinała do niej materiał na piątą — a może szóstą? — dzienną suknię, której domagała się Clarice. A to było po zamówieniu trzech sukien balowych, stroju do jazdy konnej, trzech sukien spacerowych i większej ilości bielizny, niż mogłaby założyć w ciągu miesiąca.

— Panience bardzo dobrze w tym kolorze — mruknęła krawcowa — chociaż szkoda, że jest pani jeszcze w półżałobie. Mam piękny żółty muślin, który będzie na pani wyglądał cudownie, gdy skończy się żałoba.

— Żółty to mój ulubiony kolor — powiedziała marudnie Louisa. — Nie możemy obie go nosić. Nie lubię różowego. Ty możesz nosić różowy, Ellen.

Ellen zamrugała. Spojrzała na rząd bel materiału odłożonych na bok, które Louisa zarezerwowała dla siebie, na czas po żałobie. Błękity, zielenie, pomarańcz i tak, żółty, ale nie było powodu, dla którego miałyby kiedykolwiek nosić go w tym samym czasie, chyba że Ellen pozwolono by nosić *tylko* żółty.

— Lubię różowy — powiedziała cicho.

Nie warto było się o to kłócić. Lubiła różowy. Nie była jeszcze gotowa go nosić i nie była pewna, czy kolejne trzy miesiące wystarczą, by poczuła się gotowa do wyjścia z żałoby, ale była prawie pewna, że Clarice nie da jej w tej kwestii wielkiego wyboru.

— Cóż, jeśli naprawdę może pani dostarczyć pierwsze suknie w piątek, będziemy mogły przyjąć zaproszenie, które otrzymałam na sobotni wieczór — mówiła Clarice do krawcowej, wyglądając na zadowoloną.

— Oczywiście, milady. Gdyby chodziło tylko o suknie panny Bentley, mogłabym dostarczyć jedną już jutro...

— Nie, nie — pospiesznie odparła Clarice. — Nie pozwolę, by panna Bentley pokazała się w nowej sukni, podczas gdy lady Louisa będzie w kreacji z zeszłego sezonu, to w ogóle nie wchodzi w grę, musi to pani zrozumieć!

— Jak sobie pani życzy, milady — dygnęła krawcowa, ale Ellen zauważyła lekki szyderczy uśmieszek, gdy ta schyliła głowę. — Rozpieszczona — mruknęła kobieta, znikając za zasłoną na zapleczu sklepu, zbyt cicho, by Clarice lub Louisa mogły usłyszeć.

Ellen nie zaprzeczyła. Mogła sobie tylko wyobrazić, do jakiej awantury by doszło, gdyby dostarczono nową suknię dla Ellen, podczas gdy Louisa jeszcze żadnej nie miała. Na każdą rzecz, której, jak twierdziła Clarice, Ellen potrzebowała, Louisa żądała dwóch dla siebie.

— Na jakie wydarzenie jesteśmy zaproszone w sobotę, ciociu Clarice? — zapytała Ellen, gdy wreszcie wróciły do powozu, choć jeszcze nie jechały do domu, gdyż czekała je najpierw wizyta u modystki.

— To tylko małe przyjęcie u przyjaciół — odparła Clarice z lekkim prychnięciem, przeszywając Ellen surowym spojrzeniem. — Będę musiała zobaczyć, jak się zachowujesz w małym gronie, zanim ośmielimy się pokazać cię całemu *towarzystwu*, moja panno. Jeśli będziesz potrzebowała lekcji etykiety i tańca, żeby nas nie zhańbić, niech tak będzie.

Niewiele Ellen mogła na to odpowiedzieć. Umiała tańczyć, a przynajmniej tak jej się wydawało, uczestnicząc w kilku zabawach i paru prywatnych balach odkąd skończyła osiemnaście lat, ale czy sprosta wymaganiom śmietanki towarzyskiej, to się dopiero okaże.

— Postaram się nie przynieść pani wstydu, ciociu Clarice — powiedziała cicho. — I oczywiście, jeśli uważa pani, że potrzebuję dalszych nauk, postaram się uczyć szybko.

— Jesteś przynajmniej potulna i posłuszna — stwierdziła Clarice z kolejnym prychnięciem. — Przypuszczam, że mogłabym ci znaleźć męża, który pragnie cichej żony. Może wdowca z kilkorgiem dzieci do wychowania.

— O tak — powiedziała Louisa z pogardliwym śmiechem — ja bym nie chciała mężczyzny, który już ma dzieci. Ellen może mieć wszystkich takich zalotników, ilu tylko zechce!

— A co, jeśli zakochałaby się pani w kimś, kto już ma dzieci, kuzynko Louiso? — zapytała ciekawie Ellen. — Czy wtedy nie zmieniłaby pani zdania?

Louisa wpatrywała się w nią, jakby Ellen nagle zaczęła mówić po grecku. — Miłość? — zawołała pogardliwie. — Co *miłość* ma do czegokolwiek? Co za nonsensy gadasz! Po prostu trzymaj buzię na kłódkę, Ellen, albo wszyscy pomyślą, żeś prostaczka i nawet wdowcy nie będą się tobą przejmować!

Zgnębiona Ellen zamilkła, nie śmiąc powiedzieć nic więcej. Oparła się o ścianę powozu i obserwowała mijający krajobraz Londynu, a słowa Demelzy znów rozbrzmiewały w jej umyśle.

— *Poradzisz sobie, najdroższa. Po prostu bądź sobą, a wkrótce zdobędziesz przyjaciół.* — Mam nadzieję — szepnęła bardzo cicho. — Naprawdę mam taką nadzieję.

ROZDZIAŁ ÓSMY

Dwa tygodnie później

Słowa Demelzy ponownie zabrzmiały w uszach Ellen, gdy rozglądała się po zatłoczonej sali balowej, i uśmiechnęła się cierpko. Jej przyjaciółka nigdy nawet nie była w Londynie, nie miała pojęcia o obyczajach wyższych sfer. Piękno, bogactwo i koneksje były jedyną monetą, jaką uznawał *Ton*, a Ellen nie miała ani jednego, ani drugiego, i niewiele tego ostatniego. Pierwszej nocy, w jednej z nowych sukien, czuła się jak księżniczka, wchodząc do sali balowej krok za Louisą.

Jednak pod koniec wieczoru łuski opadły jej z oczu. Thomas był jedynym mężczyzną, który poprosił Ellen do tańca, podczas gdy Louisę nieustannie otaczał trzyrzędowy tłum dżentelmenów domagających się jej uwagi. Żaden z nich nie zaszczycił Ellen nawet drugim spojrzeniem.

Dzisiejszy wieczór był trzecim balem, w którym uczestniczyła jako członkini rodziny Havers, i wciąż tańczyła jedynie z obowiązku z Thomasem.

Sącząc poncz, o który musiała poprosić lokaja, Ellen uświadomiła sobie, że w istocie została etatową podpieraczką ścian. Zepchnięta na obrzeża sali, gdzie matrony zasiadały na niewygodnych krzesłach i plotkowały o zebranym tłumie, równie dobrze mogłaby być niewidzialna.

Cicho wzdychając, Ellen znalazła sobie miejsce. Jej nowe pantofelki do tańca cisnęły ją w palce i cieszyła się, że może usiąść i dać stopom odpocząć.

— Witam — odezwał się przyjazny głos. Spojrzała w lewo, a jej oczy rozszerzyły się, gdy ujrzała piękno siedzącej obok niej kobiety. Dama, jak zgadywała, była w jej wieku, ubrana w suknię zgodnie z ostatnim krzykiem mody, z naszyjnikiem z niewiarygodnie dużych diamentów na smukłej szyi i masą ciemnorudych loków misternie upiętych na czubku głowy.

— Ekhm, witam — wyjąkała Ellen, nieco onieśmielona urodą damy. Dlaczego, na litość boską, ktoś tak wyglądający siedział samotnie na uboczu sali, wdając się w rozmowę z zupełnie obcymi osobami? Powinna być na parkiecie, adorowana przez hordę zalotników jeszcze większą niż ta Louisy.

Przystojny młody dżentelmen zatrzymał się przed nimi, składając damie nienaganny ukłon. — Czy mógłbym ośmielić się prosić panią do tańca, lady Creighton?

Uśmiech damy zniknął w okamgnieniu. — Dziękuję, nie mam ochoty tańczyć — odparła, nie patrząc mu w oczy.

— Czy mogę coś pani przynieść? Szklaneczkę ponczu?

— Dziękuję, nie. — Lady Creighton z rozmysłem uniosła wachlarz, otworzyła go z trzaskiem i odwróciła głowę w bok, patrząc na Ellen i zasłaniając twarz przed dżentelmenem. Skłonił się z melancholijnym wyrazem twarzy, po czym wycofał się.

— Czy znała go pani? — zapytała impulsywnie Ellen.

— Bardzo słabo — odparła lady Creighton z westchnieniem, opuszczając wachlarz i sprawdzając, czy dżentelmen na pewno odszedł. Ellen zauważyła, że jej stopa wystukuje rytm muzyki.

— Ale nie chciała pani z nim zatańczyć? — Rozbudzona ciekawość sprawiła, że Ellen zdała sobie sprawę, iż jest niegrzeczna, ale nie mogła się powstrzymać.

— Nie wolno mi tańczyć z nikim oprócz męża — powiedziała lady Creighton z kolejnym westchnieniem — ani rozmawiać z żadnym dżentelmenem, gdy nie ma go w pobliżu.

Oczy Ellen rozszerzyły się z szoku. — Ja... rozumiem — rzekła w końcu, myśląc, że mąż tej damy musi być bardzo zazdrosny.

— Dlatego uważam takie przyjęcia za straszliwie nudne, ponieważ zazwyczaj po pierwszym tańcu mąż zostawia mnie samą sobie i udaje się do pokoju karcianego.

Lady Creighton jest samotna, uświadomiła sobie Ellen. Posłała jej przyjazny uśmiech. — Ale nie sprzeciwia się pani rozmowom z innymi damami?

— Na szczęście nie. Jestem Marianne, tak przy okazji.

— Ellen Bentley... Lady Creighton?

— Hrabina Creighton, za moje grzechy. — Uśmiech Marianne był zmęczony. — Miło mi panią poznać, panno Bentley. Nie tańczy pani dziś wieczorem?

— Tańczyłam — powiedziała Ellen nieco obronnym tonem. — Drugi taniec, z moim kuzynem, hrabią Havers.

— Jak miło.

— ...A od tamtej pory nikt mnie nie poprosił — wyznała Ellen. — Obawiam się, że jestem podpieraczką ścian.

— Co jest niedorzeczne, bo jest pani bardzo ładna i jest kuzynką hrabiego.

— Ubogą krewną, obawiam się — Ellen uśmiechnęła się w podzięce za komplement, ale nie potrafiła do końca ukryć zranienia. Thomas przecież obiecał, że będzie traktowana na równi z resztą rodziny Havers. Trudno go jednak winić za to, jak traktowali ją inni ludzie, a skąd miał o tym wiedzieć? Pochodził z Ameryki i nie znał londyńskiego towarzystwa ani jego niepisanych zasad lepiej niż ona.

Marianne przechyliła głowę z ciekawością. — Jaką to czyni różnicę?

— Przepraszam, ale nie rozumiem, co ma pani na myśli.

— Pozwoli pani, że opowiem historię — powiedziała Marianne. — Był sobie pewien dżentelmen, który miał niefortunny zwyczaj przegrywania przy karcianym stoliku. Nie posiadając własnych koneksji, miał wstęp na wyższe salony dzięki rodzinie swojej żony.

Zafascynowana i zastanawiając się, kim był dżentelmen z opowieści, Ellen słuchała w milczeniu.

— Pewnego dnia dżentelmen ten zasiadł w swoim klubie do gry w karty, która okazała się wyjątkowo pechowa. Pod jej koniec stracił wszystko, co kiedykolwiek posiadał, a jego przeciwnicy trzymali weksle, których nigdy nie zdołałby spłacić. Był nędzarzem. Zdesperowany zwrócił się do jedynej osoby, która mogła mu ofiarować pomoc w potrzebie: kuzyna jego zmarłej żony, hrabiego Creighton. — Piękna twarz Marianne była pozbawiona wyrazu, gdy kontynuowała. — Dżentelmenowi została tylko jedna rzecz do zaoferowania hrabiemu: jego osiemnastoletnia córka, przez wszystkich uważana za bardzo ładną dziewczynę. Jej pierwszy londyński sezon rzeczywiście okazał się oszałamiającym sukcesem. Pannę Abingdon adorowało wielu odpowiednich dżentelmenów, z których wszyscy gotowi byli przeoczyć jej brak posagu i dobrze znane nawyki ojca. Ich starania spełzły jednak na niczym, gdy pan Abingdon przyjął ofertę hrabiego Creighton.

Wyraz twarzy Marianne był nieobecny, gdy kończyła swoją opowieść. Ellen nie bardzo wiedziała, co powiedzieć. Panna Abingdon to najwyraźniej sama Marianne.

— Więc, jak pani widzi — powiedziała Marianne po chwili milczenia — bogactwo i koneksje nie są konieczne, by złapać męża, nawet jednego z najbogatszych i najbardziej utytułowanych w kraju. Jest wielu dżentelmenów z własnymi fortunami, panów własnego losu, i zupełnie nie mogę pojąć, dlaczego niektórzy z nich nie patrzą na panią i nie widzą w pani uroczej młodej kobiety, która byłaby wspaniałą żoną dla jakiegoś szczęściarza.

Ujęte w ten sposób, Ellen uznała za nieco dziwne, że absolutnie nikt do niej nie podchodził. Było wiele mniej urodziwych od niej dziewcząt, o nie większym majątku, a w wielu przypadkach z pośledniejszych rodzin, które regularnie pojawiały się na parkiecie pod ramię z odpowiednimi młodymi mężczyznami.

— Nawet panna Brightling tańczy więcej od pani, a cierpi na zeza, ma wystające zęby i nienasycony apetyt na słodycze, przez co jej tusza jest podobna do końskiej — stwierdziła Marianne, trafnie, choć nieco okrutnie. — Dlaczego lady Havers nie przedstawia pani młodym mężczyznom krążącym wokół jej córki? Lady Louisie nie starczyłoby tańców, by obdarować każdego z nich, nawet gdyby ten bal trwał do jutrzejszej nocy.

— Przypuszczam... że może lady Havers nie chce, bym odciągała uwagę od Louisy? — powiedziała niepewnie Ellen. Chociaż nie była pewna, po co Louisie w ogóle byli potrzebni zalotnicy; jej zabiegi o Thomasa były zarówno oczywiste, jak i najwyraźniej skuteczne. Thomas nawet teraz ciskał zazdrosne spojrzenia w stronę grupy Louisy. Biedny Thomas; za każdym razem, gdy Louisa uśmiechała się do jednego ze swoich adoratorów, wyglądał na bardzo strapionego. Ellen żałowała, że nie może czegoś powiedzieć lub zrobić, by go pocieszyć.

— Hrabia musi przestać wzdychać do lady Louisy i zacząć nawiązywać znajomości we własnym kręgu towarzyskim — powiedziała Marianne. — Obawiam się, że nie mogę z nim rozmawiać, aby dokonać prezentacji, ale są pewne damy, którym mogłabym przedstawić *panią*, jeśli byłaby pani skłonna. Mają krewnych w wieku zbliżonym do pani kuzyna, którzy są porządnymi młodymi ludźmi.

Nieco tęskny ton w głosie Marianne sprawił, że Ellen zaczęła się zastanawiać, czy owi młodzi ludzie nie byli wśród jej zalotników, zanim została wydana za Creightona. Wdzięczna za jej względy, Ellen odparła szczerze, że z radością pozna nowe osoby.

— Doskonale. Proszę za mną. — Wstając z gracją, Marianne poprowadziła Ellen wzdłuż ściany, gdzie zebrała się grupa starszych matron towarzystwa. — Lady Jersey, lady Sale, pani Peabody. Czy mogę przedstawić waszej uwadze pannę Ellen Bentley? Jest kuzynką nowego hrabiego Havers.

— Amerykanką? — zapytała ostro lady Sale. Miała długi, wąski nos i sposób patrzenia z góry, który sprawił, że Ellen poczuła się bardzo mała.

— Nie, milady, urodziłam się i wychowałam w Haverford — dygnęła Ellen. — Jestem dość daleką kuzynką — dodała z rozbrajającą szczerością — moja prababka była siostrą dziadka hrabiego.

— Wystarczająco bliską — rzekła lady Jersey ze szczerym chichotem. — *Moja* prababka była metresą jednego z naszych dawnych monarchów, a mojej rodzinie nigdy nie udało się do końca zmazać tej plamy na honorze!

— Sally! — Lady Sale potrząsnęła głową, ale uśmiech wygiął jej cienkie usta w górę, gdy pani Peabody wydała z siebie piskliwy, dziewczęcy chichot.

Lekko zszokowana Ellen zarumieniła się i zobaczyła, że Marianne również się rumieni. Lady Jersey przyglądała jej się teraz krytycznym okiem.

— Jesteś tu z Clarice, jak mniemam?

— Z lady Havers, tak, milady — skinęła głową Ellen.

— Nigdy jej nie lubiłam. Dlaczego cię nie przedstawia, hm? Martwi się, że będziesz konkurencją dla jej córki, Laury, czy jak jej tam?

— Lady Louisa — poprawiła ją pani Peabody.

Lady Jersey machnęła niedbale pulchną, upierścienioną dłonią w stronę drugiej kobiety. — Tak, tak, lady Louisa, wszystkie znamy ten typ. Diament pierwszej wody i tak dalej. Dlaczego nie znalazła męża w swoich pierwszych dwóch sezonach, hm?

— Czekała na grubszą rybę — powiedziała ze znawstwem lady Sale.

Pozostałe damy zamruczały z aprobatą, po czym wszystkie spojrzały z powrotem na Ellen, a ich paciorkowate oczy oceniały jej suknię, postawę i sposób uczesania. Cichą urodę jej rysów.

— Dobrze pani zrobiła, że ją pani do nas przyprowadziła, lady Creighton — lady Jersey skinęła głową Marianne.

— Miałam nadzieję. Moja sytuacja sprawia, że nie mogę być zbyt pomocna, ale panie... cóż, byłyście dla mnie bardzo łaskawe podczas mojego debiutu.

— Złamała pani serce biednemu Tristanowi, kiedy poślubiła pani Creightona, moja droga — powiedziała lady Sale — ale nigdy pani nie winiłam. *My* wiemy, jakim człowiekiem był pani ojciec.

Spojrzawszy za nie, Marianne nagle zbladła. — Przepraszam panie — rzekła pospiesznie i szybkim krokiem odeszła, by dołączyć do dżentelmena, który właśnie wszedł do sali balowej.

— Biedna dziewczyna — powiedziały lady Sale i pani Peabody niemal jednogłośnie, podczas gdy lady Jersey nie była już tak powściągliwa.

— Zmarnowana! — syknęła.

— Czy to lord Creighton? — zapytała nieśmiało Ellen, nieco przerażona. Hrabia, jeśli to był on, musiał mieć co najmniej siedemdziesiąt lat, jeśli nie więcej, był prawie całkiem łysy, a jego twarz głęboko pomarszczona. Był jednak potężnym mężczyzną, wysokim i wciąż silnie zbudowanym mimo wieku. Gdy Marianne pospieszyła do jego boku, wyciągnął wielką dłoń i zacisnął ją mocno na jej nadgarstku, niemal wywlekając ją z sali.

— Niestety, tak — odparła lady Jersey — a jeśli Clarice postawi na swoim, pewnie skończysz wydana za kogoś równie okropnego. Zajmijmy się pokrzyżowaniem jej planów, moje drogie. Niestety, Almack's jest zamknięty aż do rozpoczęcia sezonu, inaczej dałabym ci bilety wstępu, ale miasto nie jest o tej porze roku całkowicie pozbawione odpowiednich kandydatów. — Posłała Ellen ciepły uśmiech, mierząc ją od stóp do głów bystrym wzrokiem. — Przynajmniej Clarice uznała za stosowne odpowiednio cię wyposażyć, chociaż lawenda to nie do końca twój kolor. Dlaczego wciąż nosisz żałobę, jeśli poprzedni hrabia był tak dalekim kuzynem?

— Moi rodzice zmarli w zeszłym grudniu — powiedziała Ellen, po raz kolejny przełykając bolesną gulę w gardle. Nie sądziła, by kiedykolwiek przestała za nimi tęsknić.

— Och, biedactwo! — powiedziała ze współczuciem pani Peabody. — Muszę cię przedstawić mojemu chrześniakowi. Gdzież jest ten chłopak...

— Edmund jest o wiele za młody, by szukać żony, Agatho — rzekła stanowczo lady Jersey. — Miły chłopak, ale wciąż w Oksfordzie — poinformowała Ellen. — Potrzebujesz mężczyzny już ustawionego. Domyślam się, że nie zależy ci na tytule ani jednej z wielkich fortun Anglii?

— Tylko na prostym, własnym domu i mężczyźnie o dobrym sercu — odparła Ellen. — Wychowałam się na plebanii w Haverford, milady; moje oczekiwania są skromne.

— Skromne, zaiste! — Lady Sale spojrzała na nią z aprobatą, a pozostałe dwie skinęły głowami. — Cóż, może uda nam się znaleźć coś nieco lepszego. Czy miałabyś coś przeciwko wojskowemu? Drugi syn państwa Ware jest w marynarce, ostatnio awansował na kapitana i dostał własny okręt... — nie czekając na odpowiedź Ellen, machnęła na krzepkiego młodego człowieka w mundurze i wkrótce zwerbowała go do następnego seta.

Choć pan Ware był wystarczająco miły, nie wydawał się szczególnie zainteresowany czymś więcej niż uprzejmą rozmową. Ellen była jednak zadowolona, że w ogóle tańczy, i wdzięczna damom za ich względy. Po zakończeniu seta pan Ware odprowadził ją do jej nowych dobroczyńców, gdzie ku swojemu zdziwieniu zastała już czekającego na nią kolejnego partnera. Lord Bellmere został należycie przedstawiony, grzecznie zapytał, czy jest zajęta do następnego tańca, a usłyszawszy, że nie, poprowadził ją do szeregu par.

Zaczynając się dobrze bawić, mimo że nowe pantofelki do tańca wciąż cisnęły ją w palce, Ellen uśmiechnęła się do lorda Bellmere'a, gdy zapytał, jak podoba jej się Londyn.

— Och, bardzo, milordzie! Chociaż nie miałam jeszcze okazji pójść do Muzeum Brytyjskiego; mam nadzieję, że mój kuzyn wkrótce zorganizuje dla nas wizytę. Bardzo pragnę zobaczyć słynne marmury, które lord Elgin przywiózł z Aten.

Lord Bellmere, cicho mówiący dżentelmen po czterdziestce, który nie sprzeciwił się specjalnie, gdy jego kuzynka, lady Sale, zwróciła jego uwagę i nalegała, by zatańczył z jakąś panną znikąd, poczuł się zaintrygowany. Z jego doświadczenia wynikało, że marmury Elgina i Muzeum Brytyjskie zazwyczaj nie były atrakcjami, które szczególnie interesowały młode damy podczas ich pierwszej wizyty w Londynie.

— Mam przyjaciela, który zasiada w zarządzie muzeum — zaproponował. — Chociaż w publicznych godzinach otwarcia panuje smutny tłok, można zdobyć bilety na bardziej ekskluzywne zwiedzanie. Mógłbym sprawdzić, czy mój przyjaciel nie mógłby pomóc...?

Uśmiech Ellen był wręcz promienny, gdy taniec ponownie ich połączył, by mogli ująć się za ręce i skłonić. — Ależ, lordzie Bellmere, to bardzo hojna propozycja! Dziękuję panu z całego serca!

Panna Bentley była bardzo ładna, kiedy się tak uśmiechała, pomyślał lord Bellmere, postanawiając, że nazajutrz złoży wizytę swojemu przyjacielowi. I że jest winien podziękowanie swojej kuzynce, lady Sale, za zwrócenie jego uwagi na pannę Bentley. Bez posagu, jak mówiła lady Sale, ale on sam był więcej niż zamożny i nie potrzebował bogatej żony. Ładna, z mózgiem między uszami, ktoś, kto nie zanudzi go na śmierć podczas rozmowy, pasowałaby mu idealnie.

— Czy mógłbym złożyć pani wizytę, panno Bentley? — zapytał.

Uroczy rumieniec oblał policzki Ellen, gdy taniec dobiegł końca i skłonili się sobie. — Byłoby mi bardzo miło, lordzie Bellmere.

ROZDZIAŁ DZIEWIĄTY

Tańcząc z uroczą żoną innego młodego hrabiego, któremu został niedawno przedstawiony, Thomas był zaskoczony, widząc, jak Ellen dołącza do setu z dżentelmenem, którego nie znał. Ellen wyglądała na szczęśliwą, uśmiechała się i żywo rozmawiała z partnerem, a i on zdawał się być nią równie oczarowany.

— Wybaczy pani, lady Hallam — rzekł Thomas — ale czy widzi pani tę parę, trzy miejsca od nas w secie, tę piękną, ciemnowłosą damę w lawendowej sukni z zieloną szarfą...

— Widzę ich, ale jej nie znam, jeśli liczy pan na przedstawienie — odparła lady Hallam z radosnym śmiechem.

— To moja kuzynka, panna Bentley, proszę pani. Zastanawiałem się tylko, czy zna pani jej partnera?

— Ach! Owszem, znam, to lord Bellmere. Jeden z wnuków księcia Northumberland; jest ich cała gromada, i chociaż daleko mu do książęcej korony, to odziedziczył baronetostwo po matce i, o ile wiem, ma bardzo ładną posiadłość niedaleko Warwick. — Rzuciła kolejne spojrzenie na parę, gdy taniec obrócił ich twarzą do Ellen i jej partnera. — Wygląda na to, że pańska kuzynka wpadła mu w oko.

To bardzo szanowany dżentelmen, zapewniam pana. Żadnych skandali ani czarnych owiec w tej rodzinie.

Ta wiadomość powinna była ucieszyć Thomasa, lecz zauważył, że marszczy brwi, widząc, jak Ellen znów szeroko uśmiecha się do swojego partnera. Cóż takiego mówił ten mężczyzna, że wyglądała na tak zadowoloną? Nie sądził, by Ellen była osobą, która da się nabrać na puste pochlebstwa. Pod koniec tańca pośpiesznie odprowadził rozbawioną lady Hallam do jej męża i ruszył na poszukiwanie Ellen, odnajdując ją, gdy właśnie zaczynał się następny taniec.

— El... panno Bentley — powiedział.

— Kuzynie — odparła, obdarzając go ładnym dygnięciem i uśmiechem. — Proszę cię o wybaczenie, major Trevithick właśnie poprosił mnie do tego tańca.

Bardzo wysoki, bardzo chudy i rudowłosy dżentelmen, na którego ramieniu spoczywała z gracją odziana w rękawiczkę dłoń Ellen, skłonił mu się uprzejmie. Thomas niewiele mógł zrobić, jak tylko uśmiechnąć się i skinąć głową, chociaż zauważył, że marszczy czoło za Ellen, gdy ona i jej partner dołączali do tworzącego się setu.

— A więc to pan jest Havers — odezwał się za nim jakiś głos. Odwrócił się i stwierdził, że jest w centrum uwagi kilku par świdrujących go oczu.

— Do usług — skłonił się, niepewny protokołu. Nie zostali sobie formalnie przedstawieni, ale skoro jedna z dam zwróciła się do niego, a sądząc po ich klejnotach i sukniach, były to damy tak wysokiej rangi, że mogły do woli drwić z konwenansów. Zauważył, że stał z nimi Bellmere, i baronet wystąpił naprzód.

— Jestem Bellmere, milordzie. Właśnie miałem przyjemność zatańczyć z pańską uroczą kuzynką, panną Bentley.

— Tak — odparł Thomas, dochodząc do całkowicie irracjonalnego wniosku, że nie podoba mu się kształt brwi tego mężczyzny. Uznawszy, że zachowuje się nieco niedorzecznie, zmusił się do uśmiechu i uprzejmości, gdy Bellmere przedstawiał mu lady Jersey, lady Sale i panią Peabody. Odkąd przybył do Anglii, pilnie czytywał gazety, i to nie tylko strony polityczne, ale również towarzyskie, więc rozpoznał nazwiska niektórych z przywódczyń *Tonu*. Najwyraźniej polubiły Ellen, ponieważ ledwie zostali sobie przedstawieni, a już zaczęły mu mówić — nie pytać, ale mówić — że zamierzają wziąć ją pod swoje skrzydła i dobrze wydać za mąż.

— Ellen... ach, panna Bentley... jest moją podopieczną, tak — odpowiedział na pytanie lady Sale — ale pozostaje pod opieką mojej ciotki, hrabiny.

— Clarice ma pełne ręce roboty z lady Louisą i jej armią zalotników — prychnęła lady Jersey — podczas gdy my, trzy znudzone wdowy, nie mamy w tym sezonie ani jednej dziewczyny do wprowadzenia na salony. Lady Havers nie miała ani minuty, żeby przedstawić komukolwiek pannę Bentley, Havers... nie masz nic przeciwko, jeśli będę cię nazywać Havers?

— A czy miałoby to znaczenie, gdybym miał?

— Ani trochę, mój drogi. — Uśmiechnęła się do niego. — Może i jesteś Amerykaninem, ale z pewnością nie głupcem.

Niewiele mógł na to odpowiedzieć, więc tylko uprzejmie się skłonił. Najwyraźniej lady Jersey była sama sobie prawem.

— Dziękuję za uwagę, jaką poświęciły panie mojej kuzynce. Zakładam, że mają panie na względzie jej najlepszy interes.

— O nic się nie martw, Havers — lady Jersey machnęła ręką obciążoną wysadzanymi klejnotami pierścieniami. — W mig ją wydamy za mąż.

Thomas stwierdził, że nie jest w stanie podzielać entuzjazmu, jaki zdawały się odczuwać lady Jersey i jej przyjaciółki. — Oczywiście będę musiał zatwierdzić każdego poważnego kandydata do jej ręki — powiedział sztywno — i ufam, że nie przedstawią jej panie żadnym nieodpowiednim dżentelmenom.

Lady Jersey obdarzyła go przenikliwym spojrzeniem, ale to pani Peabody zapytała:

— A czy ma pan jakieś szczególne kryteria co do tego, kto jest odpowiedni, milordzie?

Lord Bellmere nie ulotnił się, zauważył Thomas, i z uwagą przysłuchiwał się rozmowie.

— Żadnych hazardzistów ani pijaków — odparł Thomas, próbując wymyślić dobry powód, by wykluczyć Bellmere'a, poza jego odrażającymi brwiami. Jego wiek, to musiało się liczyć. — Dżentelmen z własnym majątkiem, ale niezbyt zadufany. Ojciec panny Bentley był pastorem i wychowała się dość skromnie.

— Ech — rzuciła ostro lady Sale — mój ojciec też był pastorem, a doskonale sobie poradziłam, wychodząc za Sale'a.

— *Markiza* Sale — szepnęła pani Peabody ku wiadomości Thomasa.

— Proszę o wybaczenie, milady, nie chciałem pani urazić. — Skłonił się markizie głęboko, a ona prychnęła, wyglądając na nieco udobruchaną.

Kątem oka Thomas dostrzegł w tańcu Ellen i jej wysokiego partnera. Czerwony mundur mężczyzny, gryzący się z kolorem jego włosów, podsunął mu kolejny pomysł.

— Choć żywię najwyższy szacunek dla odwagi dzielnych żołnierzy Anglii, nie jestem pewien, czy chciałbym widzieć pannę Bentley poślubioną wojskowemu. Konieczność służby wojskowej zmuszałaby ich do rozłąki, a w takich przypadkach trudno o szczęście w małżeństwie. — Ostrożnie nie spojrzał na lorda Bellmere'a, dodając ostatnie zalecenie. — Wreszcie, wolałbym, aby Ellen poślubiła mężczyznę w wieku zbliżonym do jej własnego.

— Cóż, weźmiemy to wszystko pod uwagę, Havers — powiedziała lady Jersey, a jej bystre oczy wwiercały się w niego. — W większości są to całkiem rozsądne życzenia co do twojej kuzynki. Zauważyłam jednak, że nie wspomniałeś o jej preferencjach. Czy mamy to wziąć pod uwagę i odmówić jej, jeśli na przykład odkryje w sobie skłonność do kapitanów marynarki?

Thomas miał nieprzyjemne uczucie, że z niego drwiła, choć nie potrafił dokładnie określić, w jaki sposób. — Szczęście panny Bentley jest moją największą troską — powiedział.

— Oczywiście.

Lady Jersey zdecydowanie śmiała się z niego pod nosem, a lady Sale i pani Peabody również wydawały się niewytłumaczalnie rozbawione. Bellmere przyglądał mu się w osobliwy sposób, niemal jakby go oceniał.

Uznawszy, że w tym przypadku odwrót będzie wskazany, Thomas uprzejmie się usprawiedliwił i ruszył z powrotem przez salę, po drodze znów dostrzegając Ellen i jej partnera. Ellen znowu się uśmiechała, tym szczęśliwym, promiennym uśmiechem, który widział u niej zaledwie kilka razy, zwykle w bibliotece w Haverford, gdy omawiała z nim jakąś szczególnie interesującą książkę.

Czy Ellen naprawdę tak bardzo podobał się bal? Thomas nie mógł tego o sobie powiedzieć; jak dotąd ludzie, których spotkał, byli w większości nudni, lizusowscy lub jedno i drugie. Trzy starsze damy, które właśnie poznał, były zdecydowanie najciekawszymi spotkaniami tej nocy.

— Słuchaj, Havers — czyjaś ręka chwyciła go za rękaw. Zatrzymał się, rozpoznając wicehrabiego Danbury'ego, dżentelmena w jego wieku, którego poznał wcześniej w tym tygodniu. Z Danburym było dwóch innych młodych mężczyzn, którzy uśmiechali się do niego powitalnie.

— Danbury — przytaknął Thomas. Miał wyraźne podejrzenie, że jedynym powodem zainteresowania ze strony drugiego mężczyzny był jego związek z lady Louisą; Danbury bardzo szybko wykorzystał ich krótką znajomość, by domagać się przedstawienia i miejsca w karnecie Louisy.

— Spełniliśmy nasz obowiązek wobec starszyzny i wybieramy się do Boodle's. Chciałby pan nam towarzyszyć? Przy okazji, mój młodszy brat Alexander i nasz przyjaciel, pan Penn.

Thomas był w Londynie wystarczająco długo, by wiedzieć, że Boodle's to klub dla dżentelmenów, popularny wśród młodszej klienteli, podczas gdy starsi panowie preferowali White's lub Brooks, w zależności głównie od swoich politycznych sympatii. Przynajmniej nie wspomnieli o Watier's, pomyślał; nie miał ochoty odwiedzać tego niesławnego klubu dla szulerów.

— Czemu nie — zdecydował. Skoro alternatywą było spędzenie wieczoru tutaj, na obserwowaniu Ellen tańczącej i uśmiechającej się do pozornie niekończącej się serii partnerów przedstawianych przez lady Jersey i jej świtę, wieczór z kilkoma sympatycznymi młodymi ludźmi w jego wieku brzmiał naprawdę interesująco. — Proszę wybaczyć mi na kilka chwil, muszę tylko poinformować ciotkę, że wychodzę. Mogę później odesłać po nią mój powóz.

— Nie ma takiej potrzeby, mam swój — powiedział wesoło Danbury. — Będziemy na pana czekać w foyer.

— Tak, tak, idź już — powiedziała lady Havers, gdy Thomas podszedł do niej, by wspomnieć, że zamierza wyjść z kilkoma innymi młodymi dżentelmenami. — Spełniłeś swój obowiązek wobec Louisy. Zabiorę ją do domu, gdy zmęczy się tańcem, i zobaczymy się jutro.

— I Ellen.

— Słucham? — Lady Havers mrugnęła na niego.

— Ellen. Panna Bentley, ciociu Clarice!

— Ach, tak, oczywiście... gdzież ona jest? Siedzi z innymi podpieraczkami ścian? — Lady Havers rzuciła okiem w bok sali. — Nieważne, każę służącemu ją odnaleźć, gdy będziemy gotowe do wyjścia.

— Tańczy. Obecnie z majorem Trevithickiem, o ile się nie mylę.

To przykuło uwagę Clarice; jej głowa gwałtownie się odwróciła i spojrzała na niego. — Kto jej go przedstawił? — zapytała z niedowierzaniem w głosie. — To jeden z synów hrabiego Exeter!

— Lady Jersey, jak sądzę — powiedział Thomas, znajdując perwersyjną przyjemność w tym, jak Clarice rozdziawiła usta. — Chociaż możliwe, że to była lady Sale, nie jestem pewien.

— Te dwie wścibskie stare plotkary! — Jasna cera Clarice poczerwieniała. Wzięła jednak głęboki oddech i wymusiła uśmiech. — Cóż, ośmielę się rzec, że Ellen będzie się dobrze bawić przez wieczór, jeśli chwilowo się nią zainteresowały. Wkrótce się nią znudzą i porzucą.

— Oczywiście. Będę na tobie polegał, ciociu Clarice, byś oceniła, czy mężczyźni, którym ją przedstawiają, są odpowiednimi dżentelmenami dla Ellen. Pewien lord Bellmere już pytał, czy może złożyć wizytę...

— Bellmere! — Oczy Clarice niemal wyszły z orbit. — To jeden z najbogatszych ludzi w Anglii! Przez cały zeszły sezon próbowałam znaleźć kogoś, kto by mu przedstawił Louisę!

— Cóż — powiedział Thomas — teraz Ellen może was sobie przedstawić.

Przez chwilę myślał, że Clarice go spoliczkuje, tak gniewnie wyglądała. Naprawdę nie powinien jej tak docinać, ale jej nieżyczliwość wobec Ellen zaczynała go drażnić. Skłoniwszy się jej uprzejmie, usprawiedliwił się i wyszedł, by odnaleźć Danbury'ego i jego kompanów.

ROZDZIAŁ DZIESIĄTY

Niezgrabny major właśnie odprowadzał Ellen do starszych dam, gdy dostrzegła Thomasa żegnającego się z gospodarzami. Ich spojrzenia spotkały się w sali i przez chwilę myślała, że odwróci się, nie dając znaku, że ją widzi, ale skinął jej krótko głową, po czym odwrócił się i opuścił salę balową.

— Dziękuję panu za taniec, majorze Trevithick — powiedziała Ellen. — Bardzo mi się podobał.

— Mnie również. — Major spąsowiał, co przy jego rudych włosach nie wyglądało najlepiej, i niezgrabnie schylił głowę. — Czy mógłbym złożyć pani wizytę, panno Bentley?

— Jestem pewna, że byłoby to mile widziane — odparła Ellen, zastanawiając się, jakaż to dziwna magia działa się dziś wieczorem, skoro *dwóch* najbardziej pożądanych kawalerów wyraziło chęć bliższego jej poznania. — Lady Havers przyjmuje gości we wtorkowe i piątkowe popołudnia.

— Będę na to czekał z wielką niecierpliwością — rzekł Trevithick — i być może następnym razem, gdy znajdziemy się na tym samym balu, będzie pani tak uprzejma i zarezerwuje dla mnie taniec podczas kolacji?

To był zaiste wyjątkowy zaszczyt; policzki samej Ellen poczerwieniały, gdy dygnęła i odparła, że będzie jej niezmiernie miło. Matrony, które przysłuchiwały się z zapałem, posłały jej pełne aprobaty uśmiechy, a gdy major odszedł, zasypały ją gradem pytań, domagając się, by zdradziła, o czym rozmawiali. Ellen nie bardzo wiedziała, co im odpowiedzieć; nie sądziła, by rozmawiali o czymś niezwykłym. Major wydawał się dość nieśmiały, więc po kilku chwilach tańca w milczeniu zapytała go, czy czytał ostatnio jakieś ciekawe książki, mając rozpaczliwą nadzieję, że jest dżentelmenem, który lubi czytać.

— Powiedział, że niedawno ponownie czytał *Don Kichota* — oznajmiła damom Ellen — a ja zapytałam, czy czytał w przekładzie, czy w hiszpańskim oryginale, a jeśli w przekładzie, to w którym, ponieważ sama ostatnio czytałam wersję pana Motteux i wolę ją od wersji pana Sheltona.

Zapadła krótka i dość zdumiona cisza, po czym lady Jersey zaśmiała się głośno. — Nadajesz się, moja droga. Nadajesz się.

Ellen nie miała pojęcia, co lady Jersey uznała za tak zabawne. Uśmiechnęła się nieco nieśmiało, ponownie dygnęła i rzekła: — Być może nie była to stosowna rozmowa z dżentelmenem, ale obawiam się, że trochę wpadłam w panikę, ponieważ major był tak cichy.

— Cóż, niektórzy z pogardą nazwą cię za to błękitną pończochą — powiedziała lady Sale — ale zapewniam cię, panno Bentley, każdy wartościowy mężczyzna będzie wolał młodą damę, która dowiedzie, że ma coś więcej niż siano w głowie.

— Och, z pewnością — zgodziła się lady Jersey. — Mężczyzna, który nie ceni twojej inteligencji, nie jest wart twojego czasu, moja droga. Nie pozwól nikomu wmówić sobie, że jest inaczej. Gardzę młodymi damami, które udają kogoś, kim nie są, aby przypodobać się dżentelmenom, głupie stworzenia. Stanięcie przed ołtarzem pod fałszywym pretekstem nie zapewni szczęśliwego małżeństwa.

— Kto staje przed ołtarzem? — odezwał się nowy głos, a Ellen poczuła, jak sztywnieją jej ramiona. Zmusiła się do uśmiechu i z szacunkiem odsunęła się na bok, by pozwolić lady Havers dołączyć do grupy.

— Na razie nikt, kogo znam — odparła wesoło lady Jersey. — Najwyższy czas jednak wydać twoją dziewczynę za mąż, Clarice. Nie możesz znaleźć żadnego z jej zalotników na odpowiednim poziomie, hm?

— Informuję cię, że Louisa otrzymała kilka oświadczyn w zeszłym sezonie — warknęła Clarice.

— Och, więc jest *przebierająca* — stwierdziła lady Jersey tonem pełnym zrozumienia.

Twarz Clarice poczerwieniała. W obawie, że zanosi się na otwartą konfrontację i że zabroni jej się zadawać z matronami, Ellen pośpiesznie rzekła: — Ciotko Clarice, właśnie widziałam Thomasa, to znaczy lorda Havers, opuszczającego bal.

— Och, nie martw się o niego, dziewczyno — Clarice potrząsnęła głową. — Pewnie poszedł posiać nieco dzikiego owsa z kilkoma swoimi młodymi przyjaciółmi.

Ellen doskonale wiedziała, co oznacza *sianie dzikiego owsa* i poczuła, jak w jej piersi zagnieździł się węzeł nieszczęścia. Mimo to zmusiła się do uśmiechu i skinienia głową. — Czy wkrótce będziemy wyjeżdżać? — zapytała, zdając sobie sprawę, że zaczyna czuć się bardzo zmęczona. Musiało być już dawno po północy, a jej nie udało się porzucić nawyku wczesnego wstawania, choć Clarice i Louisa nigdy nie pokazywały się przed południem.

— Jeszcze chwila — odparła Clarice, rozglądając się z uwagą. — Większość odpowiednich kawalerów już się wybawiła na dziś i wychodzi. Louisa jest, zdaje się, zajęta na ten taniec, a potem myślę, że wyjdziemy. Nasza gospodyni pozwoliła służbie zbyt hojnie serwować wino i kilkoro gości zaczyna być hałaśliwych. — Zmarszczyła nos z arystokratyczną odrazą, gdy obok przebiegła młoda dama, gorąco ścigana przez znacznie starszego dżentelmena.

Ellen również była zszokowana i postanowiła, że tego wieczoru nie przyjmie już żadnych tańców, choć pani Peabody zaproponowała jej syna przyjaciółki, który właśnie przechodził obok. — Dziękuję, ale dziś wieczorem tańczyłam znacznie więcej niż zazwyczaj — powiedziała z nieśmiałym uśmiechem. — Będę zaszczycona, mogąc poznać przyjaciela pani przy innej okazji.

Pani Peabody uśmiechnęła się do niej promiennie, a Ellen pomyślała w duchu, że wydaje się ona być wiecznie radosną damą. Była też zdecydowanie najwystawniej ubraną z trzech matron, co było nie lada komplementem, ponieważ wszystkie były uosobieniem najnowszej mody. Ellen niewiele wiedziała o klejnotach, ale liczne długie sznury dużych, kremowych pereł owinięte wokół szyi pani Peabody i diamentowe bransolety na jej nadgarstkach zdawały się świadczyć o ogromnym bogactwie.

Właśnie wtedy Louisa przetańczyła obok na ramieniu niskiego, korpulentnego młodzieńca z kilkoma podbródkami drgającymi nad fiszbinami koszuli, a lady Jersey głośno parsknęła.

— Nie sądzę, by twoja dziewczyna pasowała do Ormistona, Clarice. Nie przepada aż tak za jedzeniem!

Wszystkie trzy Nieustraszone Matrony, jak Ellen w myślach je ochrzciła, zachichotały radośnie z uwagi lady Jersey, a Clarice znów poczerwieniała. Ellen również powstrzymała śmiech, wiedząc, że zapłaci za to później, jeśli pozwoli sobie na rozbawienie kosztem Louisy.

— Dobry wieczór, panie — powiedziała chłodno Clarice. — Poczekamy na koniec tańca przy schodach, Ellen. — Jej dłoń zacisnęła się na nadgarstku Ellen niczym kajdany i ruszyła energicznie, ciągnąc ją za sobą. Nie mając innej możliwości, Ellen musiała zadowolić się skłonieniem głowy w stronę matron i szybkim podziękowaniem za ich życzliwość. Uśmiechnęły się do niej łaskawie w odpowiedzi, co uspokoiło ją, że nie uraziły się jej nagłym odejściem w ślad za Clarice.

Jazda powozem do rezydencji Haversów wydawała się zmęczonej Ellen niekończąca; zmuszona była siedzieć i słuchać podekscytowanego trajkotania Louisy o tym, ilu

dżentelmenów poprosiło ją do tańca i jak wysoko byli uty-
tułowani. Jej ostatni partner był księciem, którym Clarice
była szczególnie zachwycona, pomimo uwag lady Jersey.

Obie damy Havers ignorowały istnienie Ellen, do czego
zdążyła się już całkowicie przyzwyczaić. Starały się ją
włączać w rozmowy w obecności Thomasa, a Louisa po-
suwała się nawet do udawania, że są serdecznymi przy-
jaciółkami, ale gdy tylko Thomas opuszczał pokój, maski
uprzejmości opadały.

Prawdę mówiąc, Ellen to nie obchodziło. Znała Clarice i
Louisę przez całe życie, wiedziała o swoim pokrewieństwie
z nimi, a one traktowały ją jak kogoś nieistotnego. Potrzeba
było bezpośredniego rozkazu Thomasa, by w ogóle uz-
nały jej istnienie, ale była pewna, że z radością patrzyłyby,
jak znika z powrotem w zapomnieniu, tak szybko jak to
możliwe.

Byli zaledwie kilka minut od rezydencji, gdy Clarice w
końcu zwróciła swoją uwagę na Ellen.

— A ty, panienko, co masz na swoje usprawiedliwienie?

Zaskoczona Ellen oderwała uwagę od zamyślonego obser-
wowania cichych, ciemnych ulic mijanych za oknem kare-
ty. — Proszę o wybaczenie, ciociu Clarice?

— Wcale nieładnie z twojej strony było narzucać się lep-
szym od siebie, Ellen. Po cóż zwracałaś na siebie uwagę lady
Jersey i jej przyjaciółek?

— Ależ nie, proszę pani. Siedziałam cicho z boku sali, gdy dama siedząca na pobliskim krześle odezwała się do mnie. To ona nas przedstawiła.

— A kto to był za dama? — spytała ostro Clarice.

— Hrabina Creighton, proszę pani.

Louisa aż sapnęła, a usta Clarice zacisnęły się jeszcze bardziej. — Rozumiem — powiedziała zimno.

— Czy jest jakiś powód, dla którego nie powinnam była rozmawiać z hrabiną, proszę pani? Wydawała się w pełni szanowana, a lady Jersey i lady Sale powitały ją ciepło...

— Tak — odparła Clarice — jest w pełni szanowana. Przypuszczam, że nie miałaś powodu, by o tym wiedzieć, ale Creighton rozmawiał z moim nieżyjącym mężem o potencjalnym sojuszu z Louisą kilka lat temu – oczywiście zanim Louisa została formalnie wprowadzona na salony, ale dla takiego sojuszu zrezygnowano by z sezonu. Wycofał się dość nieoczekiwanie i zaraz potem dowiedzieliśmy się, że ogłoszono jego zaręczyny z panną Abingdon, jak się wtedy nazywała.

— Cóż — powiedziała szczerze Ellen — myślę, że miałaś szczęście w nieszczęściu, kuzynko Louiso.

— Jak to? — Louisa wyglądała na zupełnie zaskoczoną.

— Lady Creighton nie wydaje się szczęśliwa w swoim małżeństwie. Wygląda na to, że hrabia jest bardzo zazdrosny; nie pozwala jej tańczyć z innymi mężczyznami ani nawet z nimi rozmawiać, jeśli nie jest obecny.

Louisa wyglądała na wstrząśniętą rewelacjami Ellen i spojrzała na matkę, jakby prosiła o potwierdzenie. Clarice wzruszyła ramionami z irytacją.

— Skąd mogłam wiedzieć, że tak się zachowa? Być może ma ku temu powody w stosunku do lady Creighton.

Obie dziewczęta spojrzały na nią ze zdezorientowaniem. Clarice zacisnęła usta, po czym pochyliła się do przodu i powiedziała: — Być może ma dobry powód do zazdrości.

— Cóż, lady Creighton jest niezwykle piękna — powiedziała Ellen. — Bez wątpienia zawsze będzie przyciągać uwagę.

Clarice westchnęła zniecierpliwiona. — Być może ją zachęca. Być może *lubi* tę uwagę. Być może nawet nie szanuje swoich ślubów małżeńskich. Nie nam kwestionować, dlaczego hrabia Creighton decyduje się bacznie obserwować swoją żonę.

— Cóż — powiedziała z irytacją Louisa — cieszę się, że w końcu za niego nie wyszłam. Z pewnością nie zrezygnuję z tańca i dobrej zabawy, kiedy wyjdę za mąż.

Thomas nigdy by cię o to nie poprosił, pomyślała Ellen, odwracając głowę. *Mam tylko nadzieję, że znajdę kogoś, kto pozwoli mi również na moje małe przyjemności.*

ROZDZIAŁ JEDENASTY

Mimo późnej pory Ellen nie mogła zasnąć. Leżała w łóżku, wpatrując się w sufit, a jej pokój jasno oświetlał księżycowy blask wpadający przez rozsunięte zasłony. Londyn nigdy nie był cichy i nawet o tej porze na ekskluzywnych ulicach Belgravii słyszała na zewnątrz tętent końskich kopyt i turkot kół powozów, choć rzadziej niż za dnia.

Czy jeden z tych powozów wiózł do domu Thomasa? Czy w ogóle wróci? Być może spędzi noc w klubie ze swoimi nowymi przyjaciółmi. Jakże miło musi być móc nawiązywać przyjaźnie i wychodzić z przyjaciółmi pod wpływem chwili, by dobrze się bawić, nie musząc przed nikim odpowiadać! Ellen pomyślała, że lady Creighton mogłaby być przyjaciółką, z którą mogłaby porozmawiać, ale dezaprobata Clarice oznaczała, że nie będzie mogła otwarcie spędzać czasu z tą damą. Nie będzie żadnych wizyt ani wypadów na zakupy, z dala od sokolego oka Clarice i nieskrywanych drwin Louisy.

W jej pokoju było zbyt ciepło; z westchnieniem Ellen przewróciła poduszkę na drugą stronę w poszukiwaniu chłodu. Jednak w ciągu pięciu minut znów poczuła gorąco pod głową i usiadła zniecierpliwiona. Pójdzie do kuchni po kubek mleka ze spiżarni. Być może to pomoże jej odpocząć.

Narzucila szlafrok na prostą flanelową koszulę nocną. Choć w jej pokoju było ciepło, przez cały wieczór palił się tam ogień, by tak właśnie było, a reszta domu prawdopodobnie będzie całkiem chłodna. Wsunąwszy stopy w pantofle, otworzyła drzwi i pocichu zeszła na szczyt schodów.

Ellen była już prawie na dole, z ręką na słupie poręczy, gdy frontowe drzwi nagle się otworzyły. Zastygła z ustami otwartymi do zduszonego okrzyku, chociaż rozum podpowiadał jej, że musiał to być wchodzący Thomas.

— Ellen! — Thomas wydawał się, jeśli już, bardziej zaskoczony niż ona, kiedy ją zobaczył. Położywszy dłoń na sercu, zamknął frontowe drzwi, kręcąc głową. — Napędziłaś mi stracha. Co ty robisz poza łóżkiem o tej porze?

— Mogłabym zapytać cię o to samo — odparła, czując niewytłumaczalną ochotę do sprzeczki. — Dlaczego tylko mężczyźni mogą wychodzić, żeby się dobrze bawić, a młode damy nie mogą nawet pójść do kuchni po kubek gorącego mleka, nie będąc przesłuchiwanymi?

Jak to u Thomasa, zaśmiał się dobrodusznie i podszedł, by podać jej ramię. — Kubek gorącego mleka brzmi idealnie. Myślisz, że znajdziemy też trochę chleba i sera? Umieram z głodu.

Niezdolna dłużej się na niego gniewać, Ellen uśmiechnęła się. — Jak to? Nie karmią cię w tych wytwornych klubach dla dżentelmenów?

— Mają chyba jadalnie, ale ich nie widziałem. Dżentelmeni, z którymi tam poszedłem, woleli pić i uprawiać hazard.

— A ty? — Nie pachniał mocnym trunkiem, choć do jej nosa dolatywał drzewny aromat cygar, gdy szli do kuchni.

— Mają bardzo dobrą brandy i porto — przyznał Thomas — ale hazard po pijanemu to prosty sposób na pozbycie się pieniędzy. Widziałem w Ameryce zbyt wielu dobrych ludzi popełniających ten błąd i nie mam ochoty sam wpaść w tę samą pułapkę.

W kuchni panowała cisza, a palenisko było wygaszone. Ellen postawiła świecę na stole i bezbłędnie skierowała się do spiżarni.

— Skąd wiedziałaś, gdzie wszystko znaleźć? — zapytał z ciekawością Thomas, gdy postawiła przed nim kubek mleka, pół bochenka chleba, kawał sera i osełkę masła owiniętą w muślin.

Ellen zawahała się, zanim wzięła talerz z kredensu i również go postawiła. — Proszę, nie mów cioci Clarice, dobrze?

— Twoje sekrety są u mnie zawsze bezpieczne. — Uśmiechnął się do niej ciepło, a ona odwzajemniła uśmiech.

— Cóż, ciocia Clarice i kuzynka Louisa zawsze śpią do późna, a ja czasami trochę się nudzę rano, jeśli wyjdziesz spotkać się ze swoim zarządcą interesów. Poprosiłam Susan, żeby pokazała mi części domu przeznaczone dla służby. Wiem o ulepszeniach, które chcesz wprowadzić w kwaterach dla służby w Haverford Hall — kontynuowała potokiem słów, gdy Thomas nic nie mówił — ale byłeś strasznie zajęty, odkąd przyjechaliśmy do Londynu, i pomyślałam, że mogłeś nie mieć czasu, żeby rozejrzeć się tutaj i zobaczyć, czy jest coś, co trzeba zrobić... Tak mi przykro, jeśli wyszłam przed szereg...

Śmiejąc się łagodnie i kręcąc głową, Thomas podniósł rękę, by ją powstrzymać. — Ellen. Ellen! Dziękuję ci.

— Naprawdę? Nie masz nic przeciwko?

— Jestem wdzięczny. Musisz mi powiedzieć, co zaobserwowałaś. Oczywiste jest, że ciocia Clarice nie myśli o takich rzeczach, podobnie jak mój wuj, inaczej służba w Haverford nie byłaby tak zaniedbana. Dlaczego tutaj miałoby być inaczej? Miałem nadzieję zająć się tym w ciągu najbliższego tygodnia lub dwóch, na pewno zanim na dobre zaczną się chłody, ale z wielką przyjemnością skorzystam z twojej rady w tej sprawie.

Zadowolona z jego aprobaty, Ellen lekko się zarumieniła, spuszczając wzrok na pokrytą bliznami i wgłębieniami powierzchnię wyszorowanego sosnowego stołu. — Cóż... myślę, że pod pewnymi względami jest tu trochę lepiej niż w Haverford. Może dlatego, że tutejszy kamerdyner nie jest tak onieśmielająco surowy jak Allsopp, a poza tym dom pozostaje w dużej mierze bez personelu, gdy rodzina nie rezyduje.

Nie rozumiejąc, Thomas zmarszczył brwi. — Nie rozumiem, dlaczego miałoby to robić różnicę, Ellen?

— Rozmawiałam z Dolly, młodszą gospodynią — przyznała Ellen. — Dopiero co awansowała z pokojówki i opowiedziała mi, że na przykład zeszłej zimy, ponieważ rodzina nie przyjechała, służba mogła podzielić wszystkie koce między tylko kilka osób, zamiast dzielić je na pełny skład. Pan Henry, kamerdyner, nie miał nic przeciwko temu, żeby szafa na koce w części dla służby była pusta, rozumiesz.

— Rozumiem — powiedział Thomas, kiwając głową. — Ale ta zima będzie inna, prawda? Skoro teraz mamy pełny dom.

— Owszem. I chociaż budżet domowy został zwiększony, by uwzględnić posiłki rodziny, budżet kuchenny dla służby nie, mimo że mają dwa razy więcej gąb do wyżywienia. — Ożywiona tematem, Ellen pochyliła się nad stołem, by wyliczać punkty, które chciała poruszyć, nieświadoma, że z każdym jej słowem Thomas był coraz bardziej oczarowany jej pasją.

Była, pomyślał Thomas, wprost wspaniała, gdy słowa płynęły z jej ust, a gniew na niesprawiedliwość i nierówności dotykające niższe klasy ożywiał jej zazwyczaj nieruchome rysy, czyniąc ją nagle zjawiskowo piękną. Miała też rację w każdej poruszonej kwestii, a on zanotował w pamięci, by była obecna, gdy będzie rozmawiał ze swoim zarządcą, na wypadek gdyby zapomniał o czymś, co powiedziała.

Ellen zasługiwała, zdał sobie sprawę, by być panią wielkiej posiadłości. Sprawdziłaby się w tej roli o wiele lepiej niż Louisa, rzekomo hodowana i wychowywana w tym celu, czy którakolwiek z bezmózgich panienek z towarzystwa, które mu dotąd podsuwano. Ile z nich pomyślałoby w ogóle o wygodzie służby, która spełniała każde ich życzenie? Nawet jego ciotka, córka hrabiego i od wielu lat pani wielkiej posiadłości, nie robiła tego w odpowiedni sposób.

Z każdym dniem spędzonym w Anglii Thomas czuł się coraz bardziej rozczarowany członkami tych, którzy rzekomo byli mu równi. Młodzi mężczyźni w jego wieku, z którymi spędził wieczór, choć dość przyjemni, myśleli niewiele poza własnymi przyjemnościami i rozrywkami, a kobiety zdawały się mówić tylko o modzie i plotkach. Już zdecydował, że nie przyjmie członkostwa w Boodle's, które mu zaoferowano, lecz zamiast tego będzie ubiegał się o przyjęcie do Brooks's lub White's, gdzie zdawały się toczyć poważniejsze sprawy.

Prawda była taka, rozważał, obserwując mówiącą Ellen, której oczy błyszczały w świetle świecy, a dłonie poruszały się z gracją w ożywieniu i ekscytacji, że Ellen była jedyną osobą, jaką spotkał od przybycia do Anglii, z którą naprawdę czuł, że ma wspólne, istotne zainteresowania.

Zdając się w końcu zauważyć jego uważne spojrzenie, Ellen przerwała w pół zdania, po czym spuściła wzrok i zarumieniła się. — Tak mi przykro, trajkoczę tu, a ty musisz być wyczerpany!

— Bynajmniej — powiedział stanowczo Thomas. — Myślę sobie jednak, że jutro — to jest, później dzisiaj — mogę nie pamiętać wszystkiego, co mówisz. Czy mogę cię prosić, abyś wzięła udział w spotkaniu, które mam zaplanowane z moim zarządcą o drugiej po południu? Będzie mógł robić notatki, a my omówimy, jak najlepiej zająć się problemami, które zaobserwowałaś.

Ellen wyglądała na zachwyconą propozycją, ale zmarszczyła nos i stuknęła opuszkiem palca w dolną wargę. — Mamy dziś po południu przyjmować gości, choć śmiem twierdzić, że ciocia Clarice i Louisa ledwo zauważą, jeśli nie będę obecna. Jestem pewna, że uda mi się wymknąć.

— Z całą pewnością — zgodził się Thomas. — Zatem do zobaczenia o drugiej. A teraz marsz do łóżka i odpocznij. — Złagodził rozkaz ciepłym uśmiechem, a ona odwzajemniła go własnym.

— Dobranoc, Thomasie — jej głos popłynął przez pogrążoną w mroku kuchnię, gdy zostawiła go samego, a Thomas jeszcze długo siedział w ciszy, pogrążony w myślach.

ROZDZIAŁ DWUNASTY

Zgodnie z przewidywaniami Ellen, jeszcze nim zegar wybił drugą, pan Henry wpuszczał już pierwszych z całego strumienia dżentelmenów pragnących zabiegać o względy Louisy. Żaden z nich nie zaszczycił Ellen nawet drugim spojrzeniem, a kiedy kilka minut później cicho szepnęła ciotce prośbę o pozwolenie na odejście, Clarice, nawet na nią nie patrząc, odprawiła ją machnięciem ręki.

Drzwi do gabinetu stały otworem, a Thomas, podnosząc wzrok, uśmiechnął się powitalnie, kiedy zawahała się na zewnątrz, zastanawiając się, czy powinna zapukać. — Ellen! Wejdź, proszę. Pozwól, że przedstawię ci mojego zarządcę, pana Gallaghera.

Ellen zamarła na chwilę, niepewna, czy powinna dygnąć. Zarządca skłonił się głęboko, więc zdecydowała, że nie, i poprzestała na lekkim skinieniu głową. — Miło mi pana poznać.

— Cała przyjemność po mojej stronie, panno Bentley. Proszę, lord Havers wspominał mi, że oceniła pani kwatery dla służby i ma pani pewne zalecenia?

Zadowolona z rzeczowego tonu, jakim się do niej zwrócił, Ellen przyjęła krzesło, które podsunął jej Thomas, i wkrótce cała trójka pochyliła się nad grubym plikiem papierów, a pan Gallagher robił obszerne notatki.

— Proszę wybaczyć, milordzie — przerwał im kwadrans później pan Henry. — Lady Havers prosi o obecność panny Bentley w Chińskim Salonie.

Thomas z niezadowoleniem podniósł wzrok. — Dlaczego? — zapytał bez ogródek.

Pan Henry chrząknął dyskretnie. — Dwóch z nowo przybyłych gości przybyło specjalnie, by zobaczyć się z panną Bentley, milordzie. — Zrobił pauzę. — Przynieśli kwiaty.

Thomas zerwał się na równe nogi, nim zdążył pomyśleć. — Dżentelmeni z wizytą u Ellen... to jest, u panny Bentley? Kim oni są? — wyrzucił z siebie.

Dopiero po tym, jak to powiedział, dotarło do niego, że ani trochę go nie obchodziło, kto przyszedł w odwiedziny do Louisy.

— Lord Bellmere i major Trevithick, milordzie — odparł pan Henry z cieniem czegoś w jego wyrazie twarzy, co mogło być aprobatą. Służba doceniała jego troskę o dobro Ellen, pomyślał; w końcu ona troszczyła się o nich. Chcieliby widzieć ją szczęśliwą i dobrze usytuowaną.

— Odprowadzę cię, Ellen — zdecydował Thomas. — Myślę, że daliśmy panu Gallagherowi wystarczająco dużo do zrobienia na teraz, prawda?

— Oczywiście, milordzie, zaraz zabiorę się do pracy — zgodził się zarządca.

— Idziemy? — zaprosił Thomas, podając Ellen ramię. Spojrzała na niego dziwnie.

— Myślałam, że nie przepadasz za przyjęciami ciotki Clarice? — zapytała cicho, gdy wychodzili z gabinetu.

— Chciałem zrobić sobie przerwę — skłamał gładko — i zjeść trochę pysznych tart cytrynowych naszej kucharki, o których wiem, że piekła je dziś rano. I oczywiście poznać twoich konkurentów, Ellen.

— To nie są moi konkurenci — powiedziała natychmiast Ellen, zbyt szybko jak na gust Thomasa.

Pani zanadto protestuje, pomyślał, obserwując, jak rumieniec oblewa jej policzki. Czyżby już miała upodobanie do któregoś z dżentelmenów po jednym wieczorze spędzonym w jego towarzystwie? W duchu przeklął się za to, że opuścił wczorajszy bal. Najwyraźniej jeden z tych dwóch mężczyzn wykorzystał okazję, by poznać Ellen i wywarł na niej dobre wrażenie.

Chiński Salon zdawał się być wypełniony po brzegi, gdy pan Henry otworzył przed nimi drzwi z ukłonem. Twarze odwróciły się w ich stronę; byli to głównie dżentelmeni, choć kilku przyprowadziło ze sobą matki i siostry. Kilka kobiecych twarzy wyraźnie rozjaśniło się na widok Thomasa, ale on zignorował je wszystkie, obserwując zwężonymi oczami, jak dwóch dżentelmenów podchodzi do nich z szerokimi uśmiechami.

— Kuzynie, pozwól, że przedstawię ci lorda Bellmere'a i majora Trevithicka — powiedziała Ellen. — Oto mój kuzyn, lord Havers.

Obaj mężczyźni skłonili się z idealną dozą szacunku dla para jego rangi, ale było aż nadto jasne, że ich zainteresowanie skupiało się na Ellen. Żaden z nich nie wydawał się być bezmózgim fircykiem prawiącym przesadne komplementy, ku irytacji Thomasa. Wręcz przeciwnie, obaj sprawiali wrażenie inteligentnych, myślących dżentelmenów tego rodzaju, jakich chętnie by poznał bliżej... gdyby tylko nie robili maślanych oczu do Ellen.

— Spotkałem się dziś rano z pańskim kuzynem w zarządzie muzeum — mówił Bellmere do Ellen uprzejmie. — Muzeum jest zamknięte dla publiczności do południa w poniedziałki i wtorki, więc jeśli wczesna poranna wycieczka byłaby do przyjęcia, z wielką przyjemnością eskortowałbym panią, aby zobaczyła pani Marmury Elgina.

Ellen również wyglądała na zachwyconą, choć bardzo poprawnie odparła: — Musiałabym oczywiście prosić o pozwolenie lady Havers i zorganizować przyzwoitkę...

— Nie ma potrzeby zawracać głowy ciotce Clarice — rzekł Thomas jowialnie. — Ja też chętnie zobaczyłbym marmury. Mogę ci towarzyszyć w charakterze przyzwoitki.

— Być może moglibyśmy wybrać się w większym gronie — zaproponował major Trevithick, a Thomas pomyślał, że będzie musiał uważać na tego wojskowego. Trevithick, prawdopodobnie mistrz strategii, mógł z łatwością wkraść się w łaski Ellen tuż pod ich nosami, jego i Bellmere'a.

— Mówiłeś coś o przyjęciu? Wydajemy przyjęcie, kuzynie?
— zawołała Louisa z drugiego końca pokoju, wyraźnie
zirytowana, że prowadzili rozmowę, której nie była centralnym punktem.

Nie mając innego wyboru, jak tylko włączyć w to Louisę,
Thomas niechętnie zbliżył się o kilka kroków, by poinformować ją o propozycji lorda Bellmere'a dotyczącej
wycieczki do muzeum. Był zdumiony, gdy Louisa oświadczyła, że jest bardzo zainteresowana udziałem w wyprawie,
ale nie zajęło mu wiele czasu, by odgadnąć jej powody.
Lord Bellmere uchodził za jednego z najbogatszych ludzi
w Anglii, a Louisę drażniło, że baronet nie zdecydował się
dołączyć do grona jej adoratorów, a zamiast tego wyraził
zainteresowanie Ellen.

Po deklaracji zainteresowania ze strony Louisy, nagle wszyscy jej konkurenci wyrazili wielkie pragnienie
zobaczenia słynnych nabytków lorda Elgina, a Bellmere
przybrał wyraźnie strapiony wyraz twarzy, chociaż był na
tyle dżentelmenem, że obiecał im wszystkim udział w
wyprawie.

Thomas zauważył lekki uśmieszek igrający na ustach majora Trevithicka, gdy Bellmere został nieuchronnie wciągnięty w krąg otaczający Louisę. Odwracając się, jakby niezainteresowany, major podniósł książkę leżącą na
bocznym stoliku i zadał Ellen jakieś pytanie, którego
Thomas nie usłyszał, ponieważ w tym momencie zwróciła
się do niego starsza dama, pragnąca zwrócić jego uwagę na
swoją córkę.

Rozległ się perlisty śmiech Louisy, a Thomas spojrzał w tamtą stronę i zobaczył, jak kładzie dłoń na ramieniu Bellmere'a, uśmiechając się do niego zalotnie.

Wtedy do niego dotarło, tak nagle.

Nie obchodziło go ani trochę, do kogo uśmiechała się czy z kim flirtowała Louisa, mimo że na krótko dał się oczarować jej urodzie. Bardzo go natomiast obchodziło, że Ellen pochylała głowę nad książką z majorem Trevithickiem, a mały uśmiech igrał na jej delikatnych ustach.

Zazdrość była dla Thomasa zupełnie nowym uczuciem i stwierdził, że wcale mu się nie podoba. *On* chciał być jedynym, którego obdarzała swoimi uśmiechami Ellen.

Środek zatłoczonego salonu był prawdopodobnie najgorszym możliwym miejscem, aby jego prawdziwe uczucia nagle wyszły na jaw, uświadomił sobie Thomas, ale nic nie mógł poradzić na to, że cały jego świat właśnie wywrócił się do góry nogami.

Clarice patrzyła na niego dziwnie; podeszła, by przechwycić natrętną kobietę z córką i odciągnąć Thomasa do boku Louisy, co najwyraźniej uważała za jego właściwe miejsce. Clarice się rozczaruje, pomyślał mgliście, ale teraz wiedział, że nigdy nie poślubi Louisy, nawet jeśli jej uczucia do niego były takie, jak twierdziła ciotka. Jego drobne zauroczenie jej urodą było niczym w porównaniu z tym, co czuł do Ellen.

Miłość. Wyszeptał to słowo w milczeniu, w zakamarkach własnego umysłu, i wiedział, że jest to niezmienna, ponadczasowa prawda. Kochał Ellen; kochał w niej wszystko, od jej inteligentnego, ciekawego umysłu po jej dobroć i empatię dla innych. Co najlepsze, byłaby taką hrabiną, jaką wyobrażał sobie od dziecka, słuchając opowieści dziadka o Haverford Hall; łaskawą panią na włościach, zawsze świadomą potrzeb swoich poddanych.

Ellen w tym momencie podniosła wzrok znad książki, rozglądając się po pokoju, aż jej spojrzenie spoczęło na Thomasie. Natychmiast uśmiechnęła się, szerzej niż delikatnym uśmiechem, którym obdarzyła majora. Thomas odwzajemnił uśmiech, życząc wszystkim innym w pokoju, by poszli do diabła, aby mógł powiedzieć Ellen, co czuje — ale nie, nie mógł się z tym spieszyć. Nie miała o niczym najmniejszego pojęcia, pomyślał, a on do tej pory zachęcał ją, by traktowała go jak zaufanego starszego brata. Co za głupiec z niego! Powinien był wcześniej rozpoznać jej niezrównane zalety, zrozumieć, że jego radość z jej towarzystwa była czymś znacznie więcej niż tylko przyjaźnią. Teraz będzie musiał odpierać innych kandydatów do jej ręki, jednocześnie przekonując Ellen, że jego intencje są szczere... i jakoś nie dopuścić, by Clarice lub Louisa zorientowały się, o co mu chodzi, bo inaczej mogłyby sabotować jego starania.

W tej chwili Thomas zapragnął, by móc zasłonić się bólem głowy i opuścić pokój. Ale nie; nie zostawi pola Trevithickowi i Bellmere'owi, który wymknął się z dworu Louisy z powrotem do boku Ellen, włączając się w jej rozmowę z majorem.

Przyjęcie zdawało się trwać w nieskończoność. Thomas był pewien, że pół godziny uważa się za uprzejmy maksimum czasu, jaki należy spędzić na takich spotkaniach, zanim się pożegna, i rzeczywiście większość dworu Louisy zdawała się przewijać, chociaż stale otaczał ją wianuszek adoratorów. Ani lord Bellmere, ani major Trevithick nie okazywali jednak żadnej chęci odejścia, patrząc na siebie jak dwa ostrożne koty. Ellen nie zdawała się faworyzować żadnego z nich, co przynajmniej dla Thomasa było pewnym pocieszeniem. Po prostu zdawała się zachwycona, że ma kogoś chętnego do prowadzenia z nią inteligentnej rozmowy.

Clarice obserwowała z drugiego końca pokoju bystrym wzrokiem, jak Thomas pozostawał u boku Ellen, i gdy tylko ostatni z gości wreszcie się oddalili, nakazała obu dziewczętom iść na górę, by ubrały się do kolacji, i złapała Thomasa za ramię.

— Nie wolno ci tak krążyć wokół Ellen, siostrzeńcze. Louisa czuła się bardzo zaniedbana! I bardzo niedobrze ze strony Ellen, że zmonopolizowała lorda Bellmere'a i majora Trevithicka!

— Ellen jest w swoim pierwszym sezonie, proszę pani — powiedział Thomas rozsądnie. — Podczas gdy Louisa jest w trzecim i czuje się całkiem swobodnie, radząc sobie z hordą entuzjastycznych elegantów. Nie zauważyłem, by była strapiona. Wręcz przeciwnie. — Louisa śmiała się często i głośno, chociaż Thomas widział, jak regularnie zerka na ich małą grupkę. — Jeśli cokolwiek ją zmartwiło, to niewątpliwie fakt, że tym razem nie była w centrum uwagi wszystkich.

— Thomasie! — Clarice udała szok. — To nieuprzejme!

— To jest prawda — odparł Thomas krótko. — Dwóch książąt, markiz i cała masa hrabiów, baronów i dziedziców nadskakiwało twojej córce tego popołudnia, ciotko Clarice. Louisa nie powinna żałować Ellen pary zalotników, którzy są na tyle wnikliwi, by dostrzec jej dobre cechy.

Usta Clarice zacisnęły się w cienką linię. — Dobre cechy? — prychnęła pogardliwie. — To córka pastora z niewielkimi manierami i bez urody, która by ją wyróżniała! Marnujesz swój czas i umniejszasz nazwisko rodziny, okazując jej względy!

Zszokowany Thomas wpatrywał się w nią. — Ellen Bentley jest moją krewną z krwi i kości — powiedział cichym, lecz groźnym tonem. — Ma więcej prawa do mojego czasu i do nazwiska rodziny niż ty. W istocie, nie mam wątpliwości, że będzie... *byłaby* znacznie lepszą hrabiną, niż ty kiedykolwiek byłaś!

Jego przejęzyczenie nie umknęło jej uwadze. Zmrużywszy oczy, Clarice wysyczała: — Ach, więc tak to wygląda. Ta intrygantka uwiodła cię tuż pod nosem Louisy!

— Wystarczy — powiedział Thomas, zaskakując samego siebie ostrością głosu. — Będziesz ważyć słowa, mówiąc o

Ellen, albo przekonasz się, że nie jesteś już mile widziana pod moim dachem.

Gdyby spojrzenia mogły zabijać, bez wątpienia padłby martwy na miejscu. — Amerykański dorobkiewicz — syknęła Clarice. — Nic nie rozumiesz z klas i towarzystwa!

— Rozumiem, że nie chcę mieć nic wspólnego z żadnym towarzystwem, które nie potrafi docenić wyższych zalet inteligentnej młodej kobiety o dobrym sercu, tylko dlatego, że jest trzy pokolenia oddalona od hrabstwa, a nie jedno!

Oboje oddychali szybko, podnosząc głos. Clarice pierwsza odwróciła wzrok, gdy zobaczyła, że Thomas wyraźnie nie ma zamiaru ustąpić.

— Myślę tylko o przyszłości Louisy — mruknęła.

— I słusznie — powiedział Thomas, łagodząc ton. — Jest jednak wielu odpowiednich kandydatów do ręki Louisy. To jej trzeci sezon, ciotko, i nie wątpię, że w poprzednich dwóch była równie przytłoczona zalotnikami. Na co ona czeka?

Clarice zawahała się, po czym westchnęła ciężko. — Nie wiem — przyznała. — Zdaje się czerpać przyjemność z posiadania każdego mężczyzny u swoich stóp; myślę, że boi się, że jeśli wybierze jednego, wszyscy inni ją opuszczą.

— Na tym poniekąd polega małżeństwo — powiedział Thomas, niezbyt złośliwie. — Nie chciałbym żony, która pragnęłaby być otoczona i adorowana przez innych zalotników.

— Oczywiście, że nie.

Clarice spuściła głowę, a Thomas zdał sobie sprawę, że jego ciotka jest czymś głęboko zmartwiona. Delikatnie wziął ją pod ramię i poprowadził do szezlonga, nakłaniając ją, by usiadła.

— Czy jest coś, co chcesz mi powiedzieć, ciotko? — zapytał łagodnie.

Kiedy na niego spojrzała, na jej policzkach były łzy. — Może ją rozpieściliśmy — powiedziała Clarice, a jej głos się załamał. — A jednak ja też byłam trochę rozpieszczana przez rodziców i jestem pewna, że nie byłam tak okropna jak Louisa, kiedy nie dostaje tego, czego chce. Widziałam jej twarz, kiedy lord Bellmere odszedł od niej, by wrócić do Ellen, a ty poszedłeś za nim; ktoś za to zapłaci, Thomasie.

— Co masz na myśli? — Naprawdę nie rozumiał.

Clarice zawahała się, zanim słowa wylały się z niej potokiem. — Jest moją córką, jedynym dzieckiem, jakie mi pozostało, ale Boże dopomóż, ona mnie przeraża! Pchnęła kiedyś pokojówkę nożyczkami; biedaczka prawie wykrwawiła się na śmierć, Havers musiał jej zapłacić odszkodowanie...

Thomasowi opadła szczęka. Ledwo mógł uwierzyć w to, co mówiła jego ciotka. — Louisa *pchnęła* pokojówkę? — powiedział słabo, gdy Clarice szlochała.

— Było tyle krwi — pociągnęła nosem Clarice. — A Louisa wydawała się taka spokojna, dźgając ją raz za razem i mówiąc, że Nellie robiła oczy do pana Danversa, kiedy wnosiła tacę z herbatą.

— Chryste! — Thomas był przerażony. Z Louisą było coś poważnie nie tak, to było oczywiste. Myślał, że starania Clarice, by zaspokoić każdą jej zachciankę, to tylko nadmierne pobłażanie rozpieszczonej córce, ale teraz zdał sobie sprawę, że Clarice bała się konsekwencji, gdyby Louisa poczuła, że nie otrzymuje tego, co jej się należy.

— O, drogi Boże. *Ellen*.

Zerwał się na równe nogi bez namysłu, biegnąc do drzwi, pędząc przez hol, by brać schody po trzy stopnie na raz, krzycząc imię Ellen.

Za plecami słyszał, jak Clarice woła jego imię, ale zignorował ją całkowicie, zbyt skupiony na tym, by jak najszybciej dotrzeć do Ellen. Na wszelki wypadek. Z pewnością Louisa by jej nie skrzywdziła, ale...

Pobiegł szybciej.

ROZDZIAŁ TRZYNASTY

— Cóż za cudowne popołudnie! — zawołała Louisa, gdy razem wchodziły po schodach. — Dobrze się bawiłaś, Ellen?

— Owszem, tak — przytaknęła Ellen.

— Byłaś zaskoczona, że sama miałaś gości? Wyglądałaś na zdziwioną, gdy weszłaś do salonu i zobaczyłaś majora Trevithicka i lorda Bellmere'a.

— Byłam — przyznała Ellen. — I chociaż obaj zapytali wczoraj na balu, czy mogliby mnie odwiedzić, przyznaję, że tak naprawdę nie spodziewałam się, że to zrobią, a już na pewno nie tak szybko.

Louisa zanuciła pod nosem i skinęła głową. — Chodź do mojego pokoju, porozmawiamy — zaprosiła, gdy dotarły do jej drzwi. — Mam już za sobą dwa sezony i sporo natrętnych zalotników. Są rzeczy, o których powinnaś wiedzieć.

Jej ostatnie słowa wypowiedziane zostały tonem i z miną straszliwego ostrzeżenia. Zaniepokojona Ellen natychmiast weszła za Louisą do jej pokoju, gdzie pokojówka Louisy z konsternacją podniosła wzrok znad wykładania czystych ubrań na łóżko.

— Jaśnie pani?

— Zostaw nas — rzekła Louisa, machając ręką w stronę drzwi. — Zadzwonię, gdy będziesz mi potrzebna.

— Dobrze, jaśnie pani! — Dziewczyna pospiesznie wybiegła z pokoju, zamykając za sobą drzwi.

Louisa podeszła do łóżka, zanuciła z zamyśleniem, oglądając leżącą tam suknię, po czym odwróciła się i przeszła przez pokój do eleganckiego sekreteru przy oknie.

Niepewna, co powinna począć, Ellen stała blisko drzwi, czekając, aż Louisa się odezwie lub zaprosi ją, by usiadła. Po kilku minutach ciszy odezwała się jednak pierwsza.

— O jakich rzeczach powinnam wiedzieć, kuzynko?

Louisa milczała jeszcze przez całą minutę, bawiąc się ozdobnym srebrnym nożem do papieru na biurku, zanim wreszcie odwróciła się i spojrzała na Ellen. — Którego z nich wybierzesz? — zapytała.

Zdezorientowana Ellen zamrugała. — Słucham?

— Majora Trevithicka czy lorda Bellmere'a. Którego wybierzesz? Wiesz, raczej nie znajdziesz innych zalotników. Lepiej dla ciebie, jeśli szybko przyjmiesz oświadczyny jednego z nich, zanim zdadzą sobie sprawę, że tak naprawdę nie należysz do naszej sfery. Spójrz tylko, jak Thomas krążył blisko, gdy dziś z nimi rozmawiałaś, przerażony, że powiesz lub zrobisz coś, co przyniesie wstyd nazwisku Havers.

Przerażona Ellen cofnęła się o krok, gdy Louisa do niej podeszła. — Naprawdę? — Głos jej drżał. — Nie sądziłam...

Louisa uśmiechnęła się z pogardą. — A po co innego miałby odchodzić ode mnie dla *ciebie*?

Głowa Ellen opadła. Nie miała odpowiedzi na to pytanie; podziw Thomasa dla Louisy był widoczny od pierwszej chwili, gdy zobaczyła ich razem. Z tłumem rywalizujących zalotników w pokoju, Thomas z pewnością nie opuściłby boku Louisy, chyba że uznałby to za swój wyraźny obowiązek.

— Pytam więc ponownie, który z nich, Trevithick czy Bellmere? — nalegała Louisa.

— Ledwo znam któregokolwiek z nich! Dlaczego żądasz, bym wybierała teraz? To z pewnością nie jest takie pilne! — pomyślała Ellen z przypływem gniewu, nie mogąc pojąć, jak mogłaby podjąć decyzję o takiej wadze przy tak pobieżnej znajomości.

Piękna twarz Louisy wykrzywiła się w nagłym gniewie. — Byłam gotowa pozwolić ci na *jednego* — powiedziała, jej głos był niskim, szorstkim warknięciem. — Mama powiedziała, że muszę ci pozwolić na jednego. Jesteś chciwa, Ellen. — Przeszła na wysoki, niemal śpiewny ton. — Wybieraj, Ellen, musisz wybrać!

Louisa mówiła bez sensu i zachowywała się bardzo dziwnie. Nagle przerażona, Ellen cofnęła się o kolejny krok w stronę drzwi.

Dłoń niczym szpon zacisnęła się na jej nadgarstku. — Musisz wybrać, Ellen. Jesteś niegrzeczna.

— Puść mnie — powiedziała Ellen, starając się zachować spokojny ton, choć panika ściskała ją w środku, sprawiając, że drżały jej kolana. — Ranisz mój nadgarstek. Thomas będzie na ciebie zły, że mnie ranisz.

Louisa przechyliła głowę na bok, a na jej pięknej twarzy pojawił się straszliwy, spazmatyczny uśmiech. — Znam twój *seeekreciiik* — powiedziała, przeciągając słowo. — Taka głupia, żeby myśleć, że Thomas kiedykolwiek na ciebie spojrzy. Taka niemądra, naiwna dziewczynka.

Ellen przełknęła ślinę. — Puść mnie — powtórzyła, ale coraz trudniej było jej mówić spokojnie. Uścisk Louisy był mocny i mimo swego kruchego wyglądu, druga dziewczyna była przerażająco silna. — Źle się czujesz, Louiso. — Rzeczywiście, zaczynała się obawiać, że jej kuzynka nie jest do końca przy zdrowych zmysłach. W niebieskoszarych oczach Louisy paliło się dziwne światło, które mówiło o szaleństwie.

— Dość! — krzyknęła nagle Louisa. — Nie chcesz *słuchać*!

Ellen westchnęła, gdy druga ręka Louisy uniosła się między nimi; srebro błysnęło, gdy przyłożyła nóż do papieru z biurka do gardła Ellen.

— Louiso, nie — wychrypiała, nagle skamieniała z przerażenia.

— Nie chcesz *słuchać*, więc muszę sprawić, żebyś była *cicho* — zanuciła Louisa. Zimny metal przesunął się po skórze

Ellen, najpierw lekko, a potem mocniej. Bojąc się oddychać, zastanawiając się, jak ostry jest nóż do papieru, Ellen stała nieruchomo.

— Wiedziałam, że wszystko zepsujesz od chwili, gdy Thomas nalegał, żebyś zamieszkała w posiadłości. Powinnaś była wyjść za jakiegoś chłopa i zostać na wsi. Wtedy nie musiałabym robić *tego*.

Louisa zamierzała ją zabić, uświadomiła sobie Ellen z niedowierzaniem. Była szalona i naprawdę zamierzała zabić Ellen.

Gdy Louisa cofnęła ramię, zadziałał jakiś prastary instynkt samoobrony; Ellen odskoczyła w tył, a jej wolna ręka uniosła się, by spróbować odepchnąć Louisę. Druga dziewczyna wciąż trzymała ją za nadgarstek, więc Ellen nie mogła się uwolnić. Jej pięta zahaczyła o brzeg dywanu i potknęła się, upadając do tyłu. Lądując z głuchym łoskotem, w końcu zdołała krzyknąć, gdy Louisa zwaliła się na nią, a na jej pięknych rysach malowała się złośliwość, gdy wbijała nóż.

Nie mogąc uciec, Ellen mogła jedynie próbować odepchnąć ramię Louisy własnym. Zamiast przebić jej serce, nóż trafił w przedramię, przeszywając je między delikatnymi kośćmi nadgarstka i wbijając się głęboko w deski podłogowe siłą uderzenia.

Ellen krzyknęła z szoku od rozdzierającego bólu, przygwożdżona do podłogi nożem wbitym w jej ramię.

— Do diabła z tobą! — krzyknęła Louisa, szarpiąc za nóż, ale ten utkwił na dobre. Ellen znów krzyknęła z agonii, gdy nóż lekko poruszył się w jej ramieniu. — Do diabła, po prostu *umieraj*! — Puszczając nóż, położyła ręce na szyi Ellen i zacisnęła.

— Ellen! — Thomas ryknął jej imię, przeklinając swoje nogi, że nie niosą go szybciej, gdy brał schody po trzy stopnie na raz, nagle absolutnie pewien, że Ellen grozi śmiertelne niebezpieczeństwo. — *Ellen!* — Otworzył drzwi jej sypialni na oścież, nie zawracając sobie głowy pukaniem, zaskakując jej biedną pokojówkę. — Gdzie ona jest, Susan?

Susan tylko potrząsnęła głową, wpatrując się w niego szeroko otwartymi oczami, a Thomas obrócił się na pięcie. Jeśli Ellen nie dotarła do swojego pokoju, musiała z jakiegoś powodu wejść do pokoju Louisy. Louisa ją zwabiła, bez wątpienia, a Ellen, w swojej niewinności co do prawdziwej natury kuzynki, zaufała jej.

Widok, który go powitał, gdy otworzył na oścież drzwi Louisy, miał pozostać z nim na zawsze: Ellen leżąca na plecach na podłodze, krew rozlewająca się szeroką kałużą spod jej ramienia, przygwożdżona do desek podłogowych lśniącym srebrnym nożem. Louisa klęczała na jej nieruchomym ciele z rękami zaciśniętymi na gardle Ellen.

Twarz Ellen była sina.

Louisa spojrzała na niego, otwierając usta, ale to, co chciałaby powiedzieć, miało pozostać nieznane. Thomas nigdy w życiu nie uderzył kobiety, ale nie zastanawiał się ani chwili, zanim chwycił Louisę za ramiona i rzucił ją przez cały pokój.

Padając na kolana obok nieruchomego ciała Ellen, Thomas wykrzyknął jej imię w całkowitej rozpaczy.

— Thomasie — powiedziała Clarice z progu drzwi, a potem, gdy ogarnęła wzrokiem scenę: — O, drogi Boże w Niebiosach.

— To wszystko jej wina! — krzyknęła Louisa z drugiego końca pokoju, gdzie upadła, gdy Thomas ją zrzucił z Ellen. — Nie chciała wybrać!

— Coś ty zrobiła? — zawołała Clarice, całkowicie zrozpaczona. — Och, Louiso, co ty *zrobiłaś*?

— Milordzie?

Thomas podniósł wzrok i zobaczył swojego kamerdynera Kennetha na czele tłumu służących, wszystkich z zszokowanymi wyrazami twarzy.

— Posłać po lekarza — rozkazał — i zabrać ją — wskazał drżącym palcem na Louisę — i zamknąć gdzieś, dopóki nie znajdę sędziego.

Clarice wydała z siebie straszliwy lament, ale Thomas nie miał dla niej czasu. Gdy niebezpieczeństwo ze strony Louisy zostało przynajmniej tymczasowo zażegnane, ponownie skupił swoją uwagę na Ellen. Była przerażająco nieruchoma, ale siny kolor powoli znikał z jej twarzy, dając mu nadzieję, że może jednak przeżyje. Pochylając się nisko nad jej twarzą, odwrócił głowę na bok, mając nadzieję poczuć jej oddech na swoim policzku.

Jest! Najsłabszy powiew powietrza! — Żyje — wyszeptał z ulgą.

— Panna Ellen! — krzyknęła Susan, przepychając się przez tłum zszokowanych, szepczących służących i padając na kolana po drugiej stronie ciała Ellen. — Och, panno Ellen! Co się *stało*?

Thomas nie mógł jej odpowiedzieć, tylko potrząsnął głową, gdy Kenneth siłą wyprowadzał dziwnie milczącą Louisę z pokoju z pomocą krzepkiego lokaja. Słyszał, jak pan Henry wydaje rozkazy, wysyłając kilku lokajów biegiem po lekarza tak szybko, jak to możliwe, ale wszystko wydawało się bardzo odległe, gdy klęczał obok nieruchomej postaci Ellen, z ręką delikatnie położoną na jej bladym policzku.

— Milordzie — spojrzał w górę, gdy Susan odezwała się głośno. Pokojówka była blada, ale jej ręce były pewne, gdy błagalnie wyciągnęła je do niego. — Milordzie... jeśli poczekamy, aż przyjedzie lekarz, może być za późno.

Thomas zmarszczył brwi, niepewny, co ma na myśli, dopóki nie wskazała na stale powiększającą się kałużę krwi pod ramieniem Ellen.

— Musimy zatamować krwawienie, milordzie, inaczej może się wykrwawić na śmierć, zanim znajdą lekarza. — Sięgając za siebie, by rozwiązać sznurki fartucha, Susan skinęła mu głową. — Mogę na razie opatrzyć jej ramię tym, jeśli wyciągnie pan nóż.

Thomasowi zrobiło się niedobrze na samą myśl, ale Susan miała całkowitą rację, a przynajmniej Ellen wydawała się nieprzytomna, więc miał nadzieję, że nie poczuje bólu. Biorąc głęboki oddech, chwycił rękojeść noża, starając się nie myśleć o sile, z jaką Louisa musiała ugodzić Ellen, aby nóż przeszedł na wylot przez jej ramię i utkwił w podłodze.

Nie chcąc poruszać nożem i może wyrządzić więcej szkód, jednym, ostrym szarpnięciem z całej siły go wyrwał. Nóż wyskoczył, a on odrzucił go na bok, nie mogąc znieść dotykania go ani przez chwilę dłużej.

— Proszę to przytrzymać — powiedziała Susan, podając mu jeden ze sznurków fartucha. Wdzięczny, że zdawała się wiedzieć, co robić, Thomas posłuchał, obserwując, jak ciasno owija złożoną tkaninę wokół ramienia Ellen, zakrywając obie rany. Zawiązawszy sznurki, gdy skończyła, Susan usiadła na piętach i nerwowo przygryzła wargę. — Może powinien pan przenieść ją na łóżko, milordzie?

— Nie tutaj. — Thomas nie chciał, żeby Ellen obudziła się w pokoju Louisy. — Do jej własnego pokoju. — Na blade policzki Ellen powracało trochę koloru, chociaż widział fioletowe siniaki pojawiające się na jej gardle. Delikatnie wziął ją w ramiona, posyłając Susan wdzięczny uśmiech, gdy ta ostrożnie uniosła ranne ramię Ellen i położyła jej rękę na brzuchu. Pokojówka pośpieszyła przed nim, ponaglając innych zszokowanych służących, aby usunęli się z drogi, i otwierając szeroko drzwi, odsunęła kołdrę na łóżku Ellen, gdy Thomas przygotowywał się do jej położenia.

— Dziękuję ci — powiedział Thomas, gdy Susan zdjęła buty Ellen. Powinien wyjść, pomyślał, zwłaszcza że zaraz potem wpadła ochmistrzyni z kilkoma innymi pokojówkami, ale nie mógł znieść spuszczenia Ellen z oczu.

— Wszystko dla panny Bentley, milordzie. Była dla mnie bardzo dobra. — Susan lekko pociągnęła nosem, ale Thomas nie skomentował łez spływających po jej policzkach.

— Wszystko będzie dobrze — powiedział krzepiąco, tyleż do siebie, co do Susan. — Jest silna. A my dobrze się nią zaopiekujemy, prawda?

— Najlepiej, jak tylko można, milordzie — powiedziała żarliwie Susan. — Absolutnie najlepiej.

ROZDZIAŁ CZTERNASTY

Wydawało się, że lekarz każe na siebie czekać całą wieczność. Gospodyni próbowała wyprosić Thomasa z pokoju, lecz ten nie chciał odejść od boku Ellen, obawiając się, że mogłaby umrzeć, gdyby choć na chwilę spuścił wzrok z ledwo widocznego unoszenia się i opadania jej piersi. Biały fartuch, owinięty ciasno wokół jej ramienia niczym bandaż, powoli czerwieniał od krwi. Ile już jej straciła? Ile krwi *można* stracić i przeżyć? Czy lekarz zdoła należycie zaszyć rany? Siedząc obok Ellen na jej łóżku i trzymając ją za rękę, Thomas pochylił głowę i modlił się o jej powrót do zdrowia.

— Pan doktor już jest, milordzie — oznajmił z progu pan Henry. Thomas uniósł głowę i ujrzał niskiego, siwowłosego mężczyznę w nieco znoszonym garniturze i grubych okularach.

— Doktor Smithee, do usług, milordzie.

Thomas był wdzięczny, że medyk nie tracił czasu na kłanianie się i płaszczenie, lecz podszedł żwawo, zatrzymując się przy łóżku i spoglądając na niego. — Najlepiej będzie, jeśli opuści pan pokój, milordzie. Pańska służba bez wątpienia wystarczająco mi pomoże.

— Nigdzie się nie ruszam — oświadczył stanowczo Thomas. — Panna Bentley jest moją podopieczną i moim obowiązkiem. — A także moją winą, przyznał w duchu. Zawsze będzie się obwiniał, że wcześniej nie przycisnął Clarice i nie odkrył skłonności Louisy do przemocy. Zaufał ślepo i przez to naraził Ellen na niebezpieczeństwo.

Doktor Smithee zdawał się akceptować jego oświadczenie i obszedł łóżko na drugą stronę, usuwając z drogi Susan, która stała, załamując ręce, podczas gdy lekarz badał szyję Ellen, cicho mrucząc pod nosem. Ktoś najwyraźniej poinformował go o sytuacji, zanim wprowadzono go do pokoju, za co Thomas był wdzięczny.

— Paskudne — rzekł wreszcie Smithee — ale sądzę, że zasinienie nie jest na tyle poważne, by zagrażało jej życiu. Pomocne będą chłodne okłady z wody i oczaru wirginijskiego.

Gospodyni natychmiast posłała służącą, która wybiegła z pokoju, a lekarz zwrócił uwagę na ramię Ellen.

— Szybka reakcja z tym ciasnym opatrzeniem — powiedział z aprobatą. — Pańskie dzieło, milordzie?

— Nie mogę przypisać sobie tej zasługi. To osobista pokojówka panny Bentley, Susan, zasugerowała, byśmy zatamowali krwawienie, i użyła swojego fartucha jako bandaża — Thomas skinął głową w stronę Susan, która oblała się rumieńcem i spuściła wzrok.

— Dobra robota, dziewczyno. Przypuszczam, że nie byłabyś zainteresowana zmianą zawodu? Trudno znaleźć dobre pielęgniarki z takim zdrowym rozsądkiem jak twój.

Susan wyglądała na mocno zaskoczoną, ale potrząsnęła energicznie głową. — Dobrze mi w roli osobistej pokojówki, proszę pana — odparła nieśmiało. — Zresztą nie chciałabym opuszczać panny Bentley.

— Bez wątpienia będzie rada z twej posługi. A teraz spójrzmy tutaj. Wąskie ostrze, hm? — Lekarz przyjrzał się z bliska ranie na wierzchniej stronie ramienia Ellen, gdy ją odsłonił.

— Wydaje mi się, że to był nóż do listów — powiedział ponuro Thomas, myśląc przy tym, że Louisa musiała w tajemnicy naostrzyć ostrze, upewniając się, że zawsze ma pod ręką śmiercionośną broń. Co on miał z nią począć? Może, gdy Ellen będzie już bezpieczna, powinien poprosić o radę dobrego doktora.

Zanim doktor Smithee skończył zakładać po kilka szwów na obu stronach ramienia Ellen, druga służąca wróciła z miednicą czystej wody zmieszanej z oczarem wirginijskim. Lekarz wziął jedną z czystych ściereczek, które podała służąca, namoczył ją w wodzie, wycisnął, a następnie ostrożnie położył na siniakach na gardle Ellen.

— Zmieniaj okład co pół godziny — polecił Susan. — A teraz zobaczmy, czy nie uda nam się przywrócić panny Bentley do przytomności, hm? — Wyjąwszy z torby małą fiolkę, otworzył ją i podsunął pod nos Ellen.

Silny zapach salmiaku sprawił, że oczy Thomasa załzawiły. Zdawało się, że podziałał nawet na nieprzytomną Ellen, gdyż jej powieki zatrzepotały i zakasłała.

— Ellen — odezwał się gorączkowo Thomas, ściskając jej dłoń. — Ellen! Otwórz oczy, najdroższa.

Jej powieki znów zatrzepotały, a on, jakby mimochodem, uświadomił sobie, że nigdy wcześniej nie zauważył, jak długie i ciemne są jej rzęsy, stanowiące gęsty wachlarz muskający bladość jej policzka.

— Tho-Thomas? — szepnęła niewyraźnie, po czym znów zakasłała. — Uch. — Próbowała unieść rękę do gardła, ale on delikatnie ścisnął jej palce.

— Nie próbuj mówić, najdroższa. Masz bardzo posiniaczone gardło. — Wpatrując się w nią, próbował uśmiechnąć się uspokajająco, gdy wreszcie otworzyła szeroko oczy, patrząc prosto na niego, choć ich brązowa barwa wydawała się matowa, zamglona bólem.

— Czuję się taka zmęczona — szepnęła Ellen, a jej rzęsy znów opadły. Wpadając w panikę, Thomas spojrzał na lekarza, który uspokajająco skinął głową.

— Po takiej utracie krwi będzie przez jakiś czas osłabiona. Codziennie rosół wołowy wkrótce postawi ją na nogi, choć oczywiście musicie uważnie obserwować, czy nie wda się zakażenie.

Thomas słuchał uważnie, gdy lekarz mówił, przedstawiając zalecenia dotyczące opieki nad Ellen. Obiecał również, że będzie przychodził codziennie, by sprawdzać jej stan, aż do całkowitego wyzdrowienia.

— Zastanawiam się, czy mógłbym z panem pomówić na temat, hm, sprawczyni? — zapytał cicho Thomas, gdy doktor Smithee zaczął pakować swoje rzeczy z powrotem do torby. Nie chciał opuszczać Ellen, ale delikatnie położył jej dłoń na łóżku, zsunął się z niego i podszedł do okna, przywołując lekarza gestem.

— Domyślam się, że ktoś panu powiedział, kto zaatakował Ellen? — zapytał cicho Thomas.

— Owszem. — Lekarz spojrzał na niego znad okularów. — Proszę wybaczyć, że to mówię, milordzie, ale wygląda na to, że lady Louisa może być nieco, hm, *niespełna rozumu*.

— Ufam, że możemy liczyć na pańską dyskrecję w tej sprawie? Otrzyma pan za to sowitą zapłatę.

Doktor Smithee wyglądał na autentycznie przerażonego. — Oczywiście, milordzie! Poufność moich pacjentów jest dla mnie sprawą najwyższej wagi!

Inaczej nie byłby lekarzem arystokracji, pomyślał Thomas. Wieść o jego niezdolności do dochowania tajemnicy szybko by się rozeszła.

— To dobrze — powiedział na głos. — Moja ciotka uświadomiła mi, że to nie pierwszy przypadek przemocy ze strony lady Louisy. Dziś była przerażająco bliska zabicia panny Bentley i jest dla mnie oczywiste, że musi zostać wycofana z życia towarzyskiego i poddana leczeniu. Zastanawiałem się, czy ma pan jakieś rekomendacje?

Smithee zmrużył oczy i zassał powietrze przez zęby. — Rozumiem, że jest pan Amerykaninem, milordzie... Czy słyszał pan może o Szpitalu Bethlem?

— Ma pan na myśli Bedlam? Słyszałem, ale z pewnością takie rozwiązanie jest całkowicie nieodpowiednie dla młodej damy takiej jak moja kuzynka, bez względu na to, jak zaburzony jest jej umysł! — Thomas czytał o tym niesławnym szpitalu dla obłąkanych w gazetach i faktycznie proponowano mu zwiedzenie placówki, choć nie mógł sobie wyobrazić nic bardziej groteskowego.

— Oczywiście, nigdy bym nie polecił takiego miejsca. Bethlem jest najsłynniejszy, ale istnieje kilka placówek leczących osoby niespełna rozumu, zarówno w Londynie, jak i na wsi. Mój przyjaciel, z którym uczęszczałem do szkoły medycznej, jest starszym lekarzem rezydującym w małej placówce na wyspie Wight. Przyjmują tam jednorazowo tylko kilku pacjentów z wyższych sfer, którymi oczywiście opiekuje się bardzo dobrze. Może napiszę do niego list i zapytam, czy nie mają wolnego miejsca?

— Dziękuję — rzekł z wdzięcznością Thomas. — Wyjedziemy z Londynu, jak tylko Ellen... to jest panna Bentley... będzie zdolna do podróży, i mam nadzieję, że do tego czasu znajdę jakieś miejsce dla lady Louisy.

Ellen zakasłała z łóżka, a Thomas natychmiast odwrócił się od lekarza, pragnąc do niej wrócić. Chociaż wiedział, że musi zająć się Louisą — i że czeka go również poważna rozmowa z Clarice — w tej chwili nie mógł znieść myśli o oddaleniu się od Ellen.

Susan miała jednak, jak się zdawało, inne plany. Przechwytując go, nim dotarł do łóżka, pokojówka dygnęła z szacunkiem i rzekła: — Z przeproszeniem, milordzie, ale musimy zapewnić pannie Bentley wygodę.

Thomas zmarszczył brwi, patrząc na Ellen opartą o poduszki. Wyglądała na całkiem wygodnie ułożoną.

— Trzeba zdjąć z niej tę suknię i ułożyć ją do łóżka — powiedziała Susan bardziej dosadnie, a on skinął głową, wreszcie rozumiejąc. Suknia Ellen była zbryzgana i poplamiona krwią, i z pewnością byłaby strapiona, gdyby obudziła się i zobaczyła, że wciąż ma ją na sobie.

— Pójdę sprawdzić, co u mojej ciotki i upewnię się, że lady Louisa jest bezpiecznie zamknięta — zasugerował Thomas, a Susan obdarzyła go aprobującym skinieniem głowy i kolejnym dygnięciem, po czym całą swoją uwagę skupiła na potrzebach Ellen.

Ellen obudziła się z pulsującym bólem w ramieniu i rozpaczliwym pragnieniem. Kaszel sprawiał ogromny ból, dopóki silne ramię za jej plecami nie uniosło jej do pozycji siedzącej, a do ust nie podstawiono szklanki.

Do jej ust ściekła woda, kojąca i chłodna, z lekką nutą miodu i cytryny. Przełknęła, zakasłała, upiła jeszcze troszkę.

— Spokojnie — szepnął jej cicho do ucha głos Thomasa. — Pij powoli.

— Thomas? — Wyczerpana wysiłkiem picia, szepnęła jego imię, gdy jej głowa opadła na jego ramię. Niewidzialna ręka zabrała szklankę, a Thomas delikatnie pomógł jej znów się położyć. — Co się stało? — Jej głos był cienki jak nić, każde słowo wymagało ogromnego wysiłku.

— Louisa cię zaatakowała.

Nagle Ellen wszystko sobie przypomniała. Całe jej ciało zesztywniało, oczy otworzyły się szeroko, gdy szarpnęła się, próbując usiąść.

— Wszystko w porządku — uspokajał ją Thomas, delikatnie przytrzymując ją w łóżku. — Nie może cię skrzywdzić. Jesteś całkiem bezpieczna.

Mówienie naprawdę sprawiało zbyt duży ból, ale Ellen uniosła ramię, by spojrzeć на bandaż owijający jej rękę. Nie wyobraziła sobie tego, tego straszliwego bólu, gdy nóż Louisy przeszył jej ciało.

— Ellen — odezwał się Thomas, a ona uniosła na niego wzrok. Siedział blisko łóżka na krześle, zrzuciwszy płaszcz, z podwiniętymi rękawami koszuli, które odsłaniały silne przedramiona. Wyglądał na zmęczonego i po raz pierwszy, odkąd pamiętała, na jego przystojnej twarzy nie było dla niej uśmiechu. — Och, Ellen, tak mi przykro.

Potrząsnęła głową, zmuszając się do wypowiedzenia kilku słów. — To nie twoja wina.

— Clarice przyznała, że Louisa już wcześniej bywała agresywna. Kiedyś zaatakowała pokojówkę; dźgnęła ją nożyczkami za to, że rzekomo rzucała spojrzenia jednemu z jej zalotników. Wydaje się, że musi być w centrum uwagi, a gdy Clarice mi to wyznała, zrozumiałem, że jej zazdrość wobec ciebie mogła przybrać bardziej złowrogi obrót.

Ale skąd mógł wiedzieć, że Louisa tak nagle wybuchnie? Ellen znów potrząsnęła głową, sięgając, by dotknąć jego policzka, gdy pochylił głowę, chociaż skrzywiła się, poruszając ramieniem.

— To *nie* twoja wina — szepnęła ponownie.

— Już nigdy więcej jej nie zobaczysz. Obiecuję ci to. Pan Gallagher szuka szpitala dla osób niespełna rozumu, który zasugerował lekarz, co cię badał.

— Tylko nie Bedlam! — Oczy Ellen znów się rozszerzyły, gdy z przerażeniem pomyślała o wszystkim, co czytała o tym miejscu. Tam nie byłoby dla Louisy pomocy, tylko znęcanie się i dalsze pogrążanie w szaleństwie, a mimo tego, co zrobiła Louisa, Ellen nie życzyłaby jej tego.

— Nie, nie Bedlam. To miejsce na wyspie Wight, jak rozumiem. Wiejska posiadłość, gdzie Louisa będzie mogła odpocząć i poddać się leczeniu na cokolwiek, co sprawia, że jej umysł każe jej tak postępować.

W milczeniu Ellen obserwowała Thomasa. *Musi być załamany*, pomyślała. — A kiedy wyzdrowieje? — szepnęła w końcu. — Ożenisz się z nią?

Głowa Thomasa poderwała się, a na jego twarzy malowało się czyste zdumienie. — Poślubić Louisę? — wykrzyknął. — Na litość boską, nie! Jak można by kiedykolwiek pozwolić Louisie poślubić *kogokolwiek*? A co jeśli miałaby *dzieci*, Ellen?

— Myślisz, że szaleństwo mogłoby zostać przekazane?

— To, albo sama mogłaby stanowić dla nich niebezpieczeństwo! Nigdy bym sobie nie wybaczył, gdyby skrzywdziła dziecko, wiedząc, że miałem w swojej mocy zapewnić, że nigdy nie będzie miała takiej szansy. Nie — Thomas potrząsnął głową. — Gdyby jakikolwiek mężczyzna poprosił o rękę Louisy, byłbym zmuszony wyznać mu prawdę.

Żaden mężczyzna nie poślubiłby wtedy Louisy, wiedziała Ellen. A jeśli już by to zrobił, to wyłącznie dla jej posagu, i prawdopodobnie uczyniłby coś okropnego, jak zamknięcie jej w Bedlam. Przynajmniej odmawiając jej szansy na małżeństwo, Thomas chronił ją przed tym.

— Tak mi przykro — szepnęła. — Musisz być zdruzgotany. Wiem, że ją kochałeś.

ROZDZIAŁ PIĘTNASTY

Thomas mrugnął ze zdziwieniem, gdy Ellen wyszeptała pełne współczucia słowa, wyciągając delikatną dłoń, by lekko dotknąć jego nadgarstka.

— Myślisz, że jestem zakochany w *Louisie* — rzekł, uświadamiając sobie to nagle. — Zapewniam cię, że tak nie jest, Ellen.

Jej spojrzenie z ukosa wyrażało sceptycyzm wobec jego zaprzeczenia.

— Naprawdę! Tak, z początku byłem nieco zaślepiony jej urodą, ale nietrudno mi było dostrzec, że nie mamy absolutnie żadnych wspólnych zainteresowań. Za każdym razem, gdy próbujemy rozmawiać, kończy się to niezręczną ciszą, bo brakuje mi tematów do rozmowy.

Usta Ellen drgnęły. Nie przypominała sobie, by kiedykolwiek widziała Thomasa zmuszonego do niezręcznego milczenia; zdawało się, że nigdy nie miał problemów z rozmową z *nią*.

Widząc jej rozbawienie, Thomas uniósł jej dłoń do ust i delikatnie ucałował jej wierzch. — Zajęło mi jednak niewybaczalnie dużo czasu, by zrozumieć, że poznałem już jedyną kobietę, z którą *potrafię* sobie wyobrazić spędzenie reszty życia w doskonałej harmonii i zadowoleniu.

Ellen zmarszczyła czoło, najwyraźniej zastanawiając się, kogo miał na myśli, co sprawiło, że Thomas pokręcił głową i roześmiał się. Była zbyt skromna.

— Ciebie, Ellen — powiedział łagodnie. — Mam na myśli ciebie.

Jej oczy rozszerzyły się, a usta rozchyliły w szoku. Nie próbowała jednak nic mówić, więc mężnie brnął dalej, mając desperacką nadzieję, że go nie odrzuci, przynajmniej nie bez namysłu.

— Od naszego pierwszego spotkania uderzyła mnie twoja dobroć i szlachetność; sposób, w jaki traktujesz innych, zwłaszcza służbę, stanowi przykład, za którym chciałbym, aby poszło więcej osób. Wstyd mi, że zrozumiałem dopiero teraz, gdy dwóch innych mężczyzn od pierwszego wejrzenia dostrzegło twe niezaprzeczalne zalety i natychmiast zapragnęło cię adorować, jak puste byłoby moje życie, gdybyś poślubiła innego. Kocham cię, Ellen. Nie wyobrażam sobie życia bez widywania cię każdego dnia, бeз rozmawiania z tobą o trapiących mnie problemach, dzielenia z tobą moich triumfów i tragedii.

Oczy Ellen wezbrały łzami, gdy na niego patrzyła, lecz wciąż milczała. Thomas mówił dalej, potykając się o słowa.

— Kiedy zobaczyłem cię leżącą na podłodze we krwi, serce mi stanęło. W tamtej chwili zrobiłbym wszystko, oddałbym nawet własne życie, byś tylko na mnie spojrzała i uśmiechnęła się.

Uśmiechnęła się do niego, a po jej policzku spłynęła łza. Sięgnął, by delikatnie ją otrzeć, i błagał: — Wybacz mi, że tak późno zrozumiałem, iż nie ma nikogo innego, kogo mógłbym pokochać. — Zawahał się na chwilę, po czym brnął dalej. — Być może to najbardziej niestosowny moment, jaki mogłem wybrać, ale... Widzisz, kocham cię rozpaczliwie i jeśli nie poproszę cię teraz o rękę, mogę już nigdy nie zebrać się na odwagę.

Ellen z trudem mogła uwierzyć w słowa Thomasa. To były wszystkie jej tęskne marzenia, spełniające się naraz. Jedynym problemem było to, że ledwo mogła wydobyć z siebie głos.

— Zapytaj mnie ponownie, gdy będę mogła mówić — wyszeptała przez łzy счастья — abym mogła w pełni wyrazić całą radość, jaką czuję w tej chwili.

Wyraz trwogi na twarzy Thomasa natychmiast zmienił się в czystą radość. Znów uniósł jej dłoń do ust i obsypał ją pocałunkami. — Najdroższa miłości — powtarzał w kółko — moja najdroższa, ukochana Ellen!

Wciąż zastanawiała się, czy to nie jakiś gorączkowy sen, ale jeśli nim był, z radością nigdy by się nie obudziła. Thomas wyjął chusteczkę i osuszył jej mokrą twarz, po czym pochylił się, by złożyć pełen szacunku pocałunek na jej policzku. To właśnie przekonało ją bardziej niż cokolwiek innego, że wszystko jest prawdą; z pewnością, gdyby to był sen, okazałby nieco mniej szacunku i zwrócił się do jej ust, o czem marzyła tyle razy.

Dopiero wtedy, gdy Thomas wstał i powiedział, że powinna odpocząć, bo musi porozmawiać z Clarice, Ellen zdała sobie sprawę, że wcale nie byli sami. Przez cały ten czas Susan siedziała na stołku u wezgłowia łóżka.

— Czy jest pani głodna? Doktor zalecił rosół wołowy, mam tu trochę ciepłego, jeśli sądzi pani, że dałaby radę wypić odrobinę — powiedziała Susan, gdy Thomas opuścił pokój.

Ellen, rumieniąc się po uszy, skinęła głową.

Susan uśmiechnęła się do niej nieśmiało, podchodząc. — To nie moja sprawa, proszę pani, ale gratuluję — powiedziała pokojówka z szerokim uśmiechem. — Jestem pewna, że pani i jaśnie pan będziecie razem bardzo szczęśliwi! Cała służba będzie uszczęśliwiona, słysząc nowinę, że zostanie pani ich nową panią!

O tym nawet nie pomyślała; wychodząc za Thomasa, zostanie nową hrabiną Havers, co było dość stresującą perspektywą. Pocieszała się jednak, że Thomas nie będzie chciał, aby naśladowała Clarice, z jej wyniosłością i lekceważeniem dla tych, którzy нe podzielali jej wysokiej pozycji.

Susan pomogła Ellen pić ciepły rosół z małego kubka z dzióbkiem, aż wreszcie ta potrząsnęła głową, dając znak, że nie może już więcej.

— Doktor zostawił dla pani trochę laudanum — rzekła Susan. — Powiedział, że powinna pani zażyć kropelkę na noc, aby pomogło pani zasnąć z bólem ręki.

Ellen nie przepadała za laudanum, widziała bowiem skutki jego nadużywania niejednokrotnie, pomagając matce w obowiązkach parafialnych. Biorąc jednak pod uwagę ból ręki i gardła, skinęła głową na znak zgody. Makowe zapomnienie było teraz mile widziane.

Gorzki smak pozostał na języku, ale wkrótce poczuła, że odpływa, a odrętwienie ogarnia ją, zmywając ból. Była na granicy snu, gdy Thomas znów usiadł obok łóżka.

— Thomas — szepnęła, szukając po omacku jego dłoni. Ciepłe, silne palce oplotły jej dłoń.

— Jestem. Śpij, Ellen. Jesteś bezpieczna, obiecuję.

Chciała nie spać, patrzeć na jego drogą, ukochaną twarz, ale mak trzymał ją mocno w swych szponach. Powieki miała tak ciężkie. Opadły przy dźwiękach cichej, kojącej kołysanki, którą nucił Thomas.

Ellen obudziła się z krzykiem, a przynajmniej z próbą krzyku – z jej posiniaczonego gardła wydobywały się jedynie chrapliwe dźwięki. Thomas natychmiast znalazł się przy niej, otaczając ją silnymi ramionami i zapewniając, że jest bezpieczna.

Opierając się o mocną pierś Thomasa, Ellen przypomniała sobie drugi powód, dla którego nie przepadała za laudanum. Matka podała jej je, gdy miała około dziesięciu lat i zakażony ząb. Tamtej okropnej nocy koszmary budziły ją z krzykiem pięć razy. Nie potrafiła powiedzieć, co jej się śniło; bezimienne koszmary z ostrymi zębami i szarpiącymi pazurami majaczyły na skraju jej świadomości.

— Wszystko w porządku — szeptał Thomas, głaszcząc jej włosy. Zorientowała się, że usiadł na skraju łóżka, by móc ją lepiej pocieszyć. Odważnie objęła go w pasie i przytuliła się mocniej, czując z zdumieniem, jak składa czułe pocałunki na jej włosach i czole.

W pokoju panował mrok, oświetlony jedynie bladym blaskiem przygaszonego ognia i pojedynczym świecznikiem na jej komodzie.

— Która godzina? — wyszeptała w końcu.

— Coś po północy. Odesłałem Susan, żeby się przespała. Potrzebujesz czegoś?

Potrząsnęła głową przy jego piersi. — To był tylko koszmar. — Jej powieki już znów zaczynały opadać.

— Śpij — powiedział cicho Thomas. — Jesteś całkiem bezpieczna, obiecuję. — Pocałował ją □□ w włosy i delikatnie ułożył z powrotem na poduszkach. Pocieszona ero ciepłem, Ellen przytuliła się do niego i pozwoliła sobie ponownie odpłynąć.

— Jaśnie panie, przyszedł doktor.

Głos Susan wyrwał Ellen ze snu. Było jej ciepło i wygodnie i wcale nie miała ochoty się ruszać. Niestety, jej łóżko zdawało się mieć inne plany, gdyż poruszyło się pod nią.

— Co do... och. — Otworzywszy oczy, odkryła, że to nie łóżko się poruszyło, ale Thomas, na którego piersi właśnie spoczywała. Posłał jej zakłopotany uśmiech, delikatnie układając ją z powrotem na poduszkach, a ona rozejrzała się po pokoju z płonącą twarzą. Świadkiem ich wielce kompromitującej sytuacji była najwyraźniej tylko Susan, a pokojówka stała z odwróconą twarzą, stanowczo na nich не patrząc.

— Пiду tylko doprowadzić się do porządku — powiedział cicho Thomas do przechodzącej Susan. — Poczekam na zewnątrz; proszę mnie zawołać, gdy doktor skończy badanie.

Ellen po raz pierwszy była wdzięczna za ból gardła, ponieważ dawało jej to doskonałą wymówkę, by nie próbować wyjaśniać niewytłumaczalnego. Susan zresztą wydawała się zadowolona, mogąc udawać, że nie widziała niczego niestosownego, krzątając się, porządkując pokój i pomagając Ellen usiąść, ponownie czesząc jej włosy i splatając je w luźny warkocz.

— Proszę, panienko. — Susan uśmiechnęła się ciepło, lekko klepiąc ją po dłoni. — Wprowadzę teraz doktora, dobrze?

Ellen nie pamiętała, by spotkała doktora Smithee poprzedniego wieczoru, ale jego spokojny sposób bycia wzbudzał zaufanie. Położyła się, pozwalając mu delikatnymi palcami zbadać gardło. Nie odwijał bandaża na jej ramieniu, ale zapytał, jak się czuje, i z powagą wysłuchał jej wyszeptanej odpowiedzi.

— O ile nie zacznie pani odczuwać w ramieniu gorąca lub nie dostanie pani gorączki, myślę, że zostawimy je w spokoju jeszcze przez kilka dni — powiedział w końcu. — Okłady z oczaru wirginijskiego spełniają swoje zadanie, minimalizując siniaki na gardle, co, szczerze mówiąc, było moją największą obawą. Poważny obrzęk w tym miejscu mógłby utrudnić oddychanie. Proszę je kontynuować jeszcze przez co najmniej dwa dni — poinstruował Susan, która skwapliwie skinęła głową na znak przyjęcia rozkazu.

— Mój głos? — wyszeptała Ellen. Ledwo mogła wydobyć z siebie dźwięk; nawet próba krzyku kończyła się jedynie cichym, bolesnym chrapliwym dźwiękiem.

— Cierpliwości, moja droga. — Doktor Smithee mrugnął do niej. — Paskudne siniaki goją się kilka dni, prawda? Cóż, wierzę, że za kilka dni pani głos zacznie powracać. Dużo kojącej herbaty do picia i zupy do jedzenia, dopóki nie poczuje się pani na siłach, by przyjąć coś stałego. Uważam, że powinna być pani dla siebie najlepszym przewodnikiem w kwestii powrotu do zdrowia. Nie wątpię zresztą, że lord Havers będzie bacznie pilnował, by się pani zanadto nie przemęczała.

Ellen uśmiechnęła się nieśmiało i spuściła głowę na erwähnienie imienia Thomasa, a doktor skinął głową, cofając się.

— Zaiste, nie mam wątpliwości, że jaśnie pan czeka w tej chwili tuż za drzwiami, niecierpliwiąc się, by go wpuścić i wypytać o postępy w pani rekonwalescencji. Wpuść go, jeśli łaska, moja dobra kobieto — zwrócił się do Susan, która pospiesznie podeszła do drzwi, by spełnić jego polecenie.

ROZDZIAŁ SZESNASTY

Gdy tylko doktor Smithee wyszedł, Thomas nie zwlekał ani chwili i ponownie usiadł na łóżku obok Ellen, przyciągając ją w ramiona. Rzuciwszy nieśmiałe spojrzenie na Susan, która starannie ich ignorowała, Ellen ułożyła głowę na jego piersi. Miała do zadania pytania, lecz na razie tak dobrze było po prostu czuć się bezpiecznie w bliskich objęciach Thomasa.

— Co teraz będzie? — szepnęła w końcu.

— Dla nas? — zapytał Thomas, składając delikatny pocałunek na jej czole.

— Louisa, Clarice... także. — Choć Ellen łamała sobie głowę, nie widziała żadnego wyjścia z obecnej sytuacji, które nie ściągnęłoby na rodzinę jakiegoś skandalu, na który Thomas nie zasługiwał.

— Ach. Tak. Cóż, wysłałem zapytanie do szpitala na wyspie Wight, o którym mówił mi szanowny doktor, i mam nadzieję otrzymać od nich odpowiedź za kilka dni. Gdyby mogli przyjąć Louisę na leczenie, będę musiał ją tam eskortować. Clarice wyraziła chęć pozostania blisko córki, więc będzie nam towarzyszyć, a ja znajdę jej jakiś dom, zatrudnię służbę i tak dalej.

Ellen ścisnęła jego dłoń, wdzięczna za jego troskę, lecz pytania wciąż pozostawały bez odpowiedzi. Co powiedzą ludzie, jeśli Louisa i Clarice tak po prostu znikną w środku krótkiego sezonu?

— Co do historyjki, którą powinniśmy rozgłosić, mam pewien pomysł, który chciałbym z tobą przedyskutować — rzekł Thomas, niemal jakby czytał jej w myślach. — Oczywiście, obwieszczenie, że Louisa jest niebezpiecznie szalona... nie jest idealne.

Prychnęła, słysząc to niedopowiedzenie, choć przypłaciła to kaszlem.

— Pomyślałem więc, że możemy powiedzieć ludziom, że uciekła z lokajem.

Ellen zakrztusiła się. Wpatrywała się w Thomasa szeroko otwartymi oczami. Zachichotał na jej reakcję. Gdy odezwał się ponownie, zrozumiała, że mówił całkowicie poważnie.

— Clarice, rzecz jasna, postanowi ze wstydu wycofać się z życia towarzyskiego. I tak zamierza mieszkać w odosobnieniu na wyspie Wight, a ktokolwiek, kto mógłby rozpoznać ją lub Louisę podczas odwiedzin u własnych krewnych w przytułku, raczej pisnąć o tym ani słówka, mając po temu własne powody.

Choć pomysł początkowo wydawał się szalony, Ellen wkrótce dostrzegła w nim sens. Dotknęła jednak gardła i spojrzała na Thomasa pytająco.

— Tak, będziemy musieli pozostać w odosobnieniu, dopóki twoje gardło się nie zagoi — zgodził się Thomas — chociaż grypa wyjaśniłaby zarówno wizyty doktora, jak i naszą nieobecność w towarzystwie przynajmniej przez kilka dni. Pan Henry bez trudu powie każdemu, kto nas odwiedzi, że ty, Clarice i ja jesteśmy chorzy, a Louisa „skorzysta" z naszej choroby, by „uciec" ze swoim kochankiem.

To był naprawdę sprytny plan, pomyślała Ellen, rozważając w myślach niektóre kwestie. Choć z pewnością będzie to skandal, Louisa nie byłaby pierwszą dziedziczką, która zhańbiła się z kochankiem ze służby, a wycofanie się Clarice z życia towarzyskiego byłoby całkowicie naturalną reakcją na upadek córki.

— A służba? — zapytała chrapliwie, zerkając w stronę, gdzie Susan siedziała teraz cicho przy oknie, szyjąc.

— Nie życzą sobie, by cała rodzina Haversów została zhańbiona przez szaleństwo jednego z jej członków. Bardzo ich do siebie przekonałaś, Ellen; powinnaś była słyszeć świętowanie na dole, kiedy Susan przekazała im nasze wieści. Chyba prawie każdy członek służby pogratulował mi doskonałego wyboru narzeczonej.

Zarumieniła się na ten komplement i nieśmiało spuściła wzrok. Thomas cierpliwie czekał, aż znów na niego spojrzy, po czym skorzystał z okazji, by ukraść jej całusa.

Gdy się odsunął, Ellen była jeszcze bardziej czerwona, a on zaśmiał się ciepło. — I tak musisz mnie teraz poślubić. Jesteś beznadziejnie skompromitowana, choć nikt, kto o tym wie, nigdy nie piśnie ani słówka.

Wyraziła swoją opinię o jego marnym humorze lekkim klepnięciem w ramię. Thomas uśmiechnął się, po czym kontynuował.

— A my mamy idealną sojuszniczkę, która pomoże nam sprzedać tę historyjkę. Twoja nowa przyjaciółka, lady Jersey.

Ellen spojrzała na niego z przerażeniem. Reputacja lady Jersey jako plotkarki nie miała sobie równych; jeśli nie kupi tej opowieści, byliby zgubieni. Bez wątpienia drążyłaby, aż odkryłaby prawdę, a miała środki i kontakty, by do niej dotrzeć.

Z drugiej strony lady Jersey nie okazywała szczególnej sympatii ani Louisie, ani Clarice. Gdyby Ellen i Thomas podsunęli jej pikantną plotkę — oczywiście przekazaną z odpowiednim żalem z powodu sytuacji, której nie dało się zaradzić, i skandalu, którego nie można było ukryć — dlaczego miałaby szukać dalej?

— Wygląda na to, że wszystko bardzo dobrze przemyślałeś — szepnęła w końcu Ellen.

— To zaledwie zarys planu, Ellen, i to takiego, którego nie odważyłbym się realizować bez uprzedniej rozmowy z tobą. Dobrze wiesz, że od samego początku ceniłem twoją radę ponad wszystkie inne. Zrobienie tego bez twojej zgody jest nie do pomyślenia.

Ellen sięgnęła, by dotknąć jego twarzy z delikatnym zdumieniem. Najwyraźniej jego lokaj ogolił go, gdy zajmował się nią doktor, bo jego policzek był gładki, a jej opuszki palców lekko przesuwały się po skórze.

— Kocham cię, Thomasie — szepnęła.

Wyraz twarzy Thomasa był czystą radością i uwielbieniem, gdy przyciągnął ją bliżej i pocałował ponownie, tym razem tak, że myślała, iż zemdleje z czystej rozkoszy.

— Ehem — odezwała się w końcu Susan, a Thomas puścił Ellen z cichym śmiechem.

— Nie obawiaj się, Susan, nie zamierzam zniewolić Ellen, zanim nie złożymy przysięgi w kościele.

— Nigdy bym w pana nie zwątpiła, milordzie — odparła Susan z nutą śmiechu w głosie.

— Doskonale, Susan. Doskonale. W istocie uważam, że zasługujesz na awans za swoją lojalną służbę; co powiesz na posadę osobistej pokojówki hrabiny Havers?

— Dopóki chodzi o przyszłą hrabinę, a nie obecną, będę zachwycona i zaszczycona, milordzie — rzekła Susan poważnie.

Śmiech bolał zbyt mocno, więc Ellen zdusiła go w sobie i znów oparła głowę na ramieniu Thomasa. Powieki jej ciążyły i zrozumiała, że sen znów nadchodzi.

— Śpij — szepnął Thomas, całując ją czule w policzek. — Będę miał więcej wieści, gdy się obudzisz. Na razie musisz odpoczywać, odzyskiwać siły. Będę potrzebował twojej mądrej rady, gdy wstaniesz, jeśli mamy tego dokonać.

Plan wywiezienia Louisy i Clarice na wyspę Wight powiódł się bez najmniejszych przeszkód. Thomas kazał swojemu sekretarzowi pisać uprzejme odmowy na wszystkie otrzymywane zaproszenia, wyjaśniając, że grypa zwaliła ich wszystkich z nóg, a służba mówiła to samo każdemu, kto pytał. Regularne wizyty doktora Smithee w domu tylko utwierdzały wszystkich w tym przekonaniu.

Clarice przyszła zobaczyć się z Ellen raz przed ich wyjazdem. — Przepraszam — tylko tyle zdołała powiedzieć przez łzy spływające jej po policzkach. — Mam nadzieję, że ty i Thomas będziecie razem szczęśliwi, naprawdę. — Mówiąc to, nie potrafiła spojrzeć Ellen prosto w oczy.

— Mam nadzieję, że Louisa odnajdzie spokój — tylko tyle Ellen zdołała wymyślić. Głęboko współczuła Clarice, ale decyzje starszej kobiety, podjęte dla ochrony córki, omal nie doprowadziły do śmierci Ellen i nawet przy swej wybaczającej naturze nie potrafiła całkowicie oczyścić Clarice z winy.

Thomas musiał oczywiście eskortować Clarice i Louisę do celu. Wymknęli się z Londynu późną nocą w zamkniętym powozie, bez rodowego herbu. Wciąż słaba i łatwo się męcząca, Ellen musiała obiecać Thomasowi, że pozostanie w łóżku aż do jego powrotu, a on powierzył opiekę nad nią służbie. Nienawidził jej zostawiać, ale nie było na to rady; nie była w stanie podróżować, a on musiał dopilnować, by Clarice i Louisa się urządziły. Listy wysłane z wyprzedzeniem, aby zaaranżować pobyt Louisy w szpitalu psychiatrycznym i przygotować dom dla Clarice, miały, jak miał nadzieję, zminimalizować czas, który będzie musiał spędzić na wyspie.

Doktor Smithee przepisał zioła i herbaty, których używali, by utrzymać Louisę w spokoju od czasu jej ataku na Ellen, i spędziła ona podróż w cichym, sennym otumanieniu. Raz czy dwa mruknęła coś o „miesiącu miodowym nad morzem" i Thomas zdał sobie sprawę, że myślała, iż są małżeństwem lub wkrótce nim będą. Nie chcąc zakłócać jej spokojnego stanu, nie zaprzeczał, ale upewnił się, że trzyma dystans, jadąc konno obok powozu, a nie w nim, przez większość podróży.

Szpital mieścił się w dużym, elegancko urządzonym wiejskim domu niedaleko centrum wyspy. Biorąc pod uwagę opłaty, jakich żądali za przyjęcie pacjentów, posiadłość *powinna* być dobrze utrzymana, pomyślał Thomas, i z zadowoleniem odnotował wyjątkową czystość w każdym pomieszczeniu. Chociaż pensjonariuszom pozwalano na wzajemne kontakty, czynili to jedynie pod nadzorem, a żadnemu z nich nie wolno było samotnie przechadzać się na zewnątrz ani opuszczać terenu posiadłości pod żadnym pozorem.

— Powinieneś już jechać — powiedziała cicho Clarice do Thomasa, gdy Louisa oglądała duży, dobrze wyposażony apartament przeznaczony do jej osobistego użytku. Jej „pokojówka" była specjalnie wyszkoloną pielęgniarką, postawną, szorstką wieśniaczką o grubym akcencencie z Hampshire, która była w pełni świadoma sporadycznych skłonności Louisy do przemocy i, jak zapewniła Thomasa na osobności, dobrze przygotowana, by sobie z nimi poradzić.

— Nie widziała pani jeszcze swojego domu — zaprotestował Thomas, odwracając się, by spojrzeć na ciotkę.

— Nie zostawię jeszcze Louisy samej. Jej wściekłość, gdy pan odjedzie, będzie okropna do oglądania; może uda mi się ją trochę uspokoić. Gdy już się tu zadomowi, każę powozowi zawieźć mnie do domu. Byłeś bardziej niż uprzejmy, Thomasie, dając mi własny powóz, kupując dom i organizując to wszystko.

Clarice wydawała się inną kobietą, pomyślał Thomas. A jednak, co by zrobiła, by ukryć straszną tajemnicę Louisy, gdyby tylko mogła? Jej milczenie omal nie kosztowało Ellen życia, a on nie mógł, nie chciał jej ufać. Już przydzielił człowieka, który miał dopilnować, aby ani ona, ani Louisa nigdy nie znalazły drogi powrotnej na stały ląd bez jego wyraźnej zgody.

Rzuciwszy ostatnie spojrzenie na Louisę, badającą delikatne biurko w pełni wyposażone w papiery, pióra i atrament — choć żadne listy, które by wysłała, nigdy nie dotarłyby do adresata, chyba że do niego — Thomas skinął głową.

— Proszę na siebie uważać, Clarice. Gdyby pani kiedykolwiek czegoś potrzebowała — czegokolwiek — błagam, by dała mi pani natychmiast znać.

Nie zaproponowała uścisku, jedynie po królewsku skłoniła głowę i wypowiedziała jedno słowo.

— Żegnaj.

ROZDZIAŁ SIEDEMNASTY

Thomas nie ukrywał swego powrotu do Londynu. W końcu, oficjalnie przybywał po gorączkowej próbie przechwycenia Louisy, nim ta dotarła do Szkocji ze swym kochankiem niskiego rodu. Późnym popołudniem spod domu miał odjechać kryty powóz, a on każdemu, kto by zapytał, powiedziałby, że jest w nim Clarice, która wyjeżdża, by dołączyć do córki w nieujawnionym miejscu.

Na razie myślał wyłącznie o Ellen, oddając cugle zmęczonego konia stajennemu, który życzył mu dobrego dnia. Pokonując po dwa stopnie naraz, minął uśmiechniętego pana Henry'ego i skierował się ku wewnętrznym schodom.

— Nie tamtędy, milordzie! — zawołał za nim pan Henry.

— Słucham? — Thomas przystanął z jedną stopą na najniższym stopniu.

— W salonie, milordzie — wskazał gestem pan Henry. — Śmiem mniemać, że nie muszę pana zapowiadać?

Kamerdyner mówił już w próżnię.

Ellen podniosła wzrok znad książki, gdy otworzyły się drzwi salonu. Chwilę później lektura z głuchym stukiem upadła na podłogę, a ona zerwała się na równe nogi. Sekundę później pędziła już w ramiona Thomasa, nie zważając na to, czy ktokolwiek mógłby ich obserwować.

— Ellen — powtarzał, obsypując jej twarz pocałunkami — moja Ellen, jakże za tobą tęskniłem!

Ellen nie mogła wydobyć z siebie słowa, zbyt zdławiona emocjami, by mówić. Kurczowo uczepiła się Thomasa i zamknęła oczy, rozkoszując się jego solidną siłą, gdy trzymał ją blisko.

— Nie powinnaś wstawać z łóżka — powiedział wreszcie Thomas, odsuwając ją na odległość ramion i obejmując dłońmi jej barki.

Ellen roześmiała się. Dźwięk był jeszcze ochrypły, ale mogła mówić na tyle głośno, by ją usłyszał. Choć siniaki na jej gardle wciąż miały żywy kolor, były już zielone i żółte, a nie czarne i fioletowe — wyraźnie się starzały i bladły. — Od twojego wyjazdu jestem rozpieszczana i obsługiwana na każdym kroku, Thomasie. Dziś jest pierwszy dzień, kiedy Susan w ogóle pozwoliła mi opuścić pokój, a i to tylko dlatego, że protestowałam, iż oszaleję, jeśli nie zobaczę czegoś innego niż te cztery ściany.

Słysząc jej głos, brzmiący niemal jak dawniej, Thomas uśmiechnął się z ulgą. Mimo to zaprowadził ją z powrotem do wygodnego fotela przy kominku, który zajmowała, posadził ją w nim, a sam usiadł na podnóżku, trzymając jej dłonie w swoich.

— Najwyraźniej wracasz do zdrowia. Czy doktor Smithee był troskliwy?

— Bywał tu codziennie przynajmniej raz, a czasem dwa razy. — Ellen uśmiechnęła się do niego, uwalniając jedną rękę i sięgając, by dotknąć jego policzka. — A ty jak się miewasz, Thomasie?

— To nie ja zostałem ranny.

— Nie, ale masz za sobą długą podróż i nie wątpię, że załatwienie spraw Louisy i Clarice nie poszło całkiem gładko. Pytam więc ponownie: jak się miewasz?

Wpatrywał się w jej oczy przez długą chwilę, po czym pochylił głowę i położył ją na jej kolanach. — Czy dobrze postąpiłem, Ellen?

— To było jedyne, co mogłeś zrobić — odparła natychmiast, czule gładząc palcami jego włosy. — Dużo o tym myślałam, odkąd wyjechałeś; niewiele miałam do roboty poza myśleniem i bez względu na to, ile różnych możliwości rozważałam, żadna z nich nie kończyła się lepiej niż ścieżka, którą obrałeś.

Thomas westchnął głęboko, powoli kiwając głową na jej kolanach. — Wiem. Ja też miałem sporo czasu na myślenie i również nie mogłem wymyślić nic innego. Poza wysłaniem Louisy gdzieś jeszcze bardziej na odludzie i zamknięciem jej w jakiejś chacie w Highlands, gdzie nie ma szans, by kiedykolwiek zobaczył ją ktoś, kto mógłby ją rozpoznać...

— Co byłoby zbyt okrutnym losem, nawet dla niej — dokończyła cicho Ellen, gdy zamilkł.

— Nawet gdyby nie było, sądzę, że Clarice uparłaby się, by z nią pojechać, a to z pewnością byłoby niesprawiedliwe. — Thomas podniósł głowę, by na nią spojrzeć. — Wiem, że była dla ciebie niemiła, Ellen, ale mimo wszystko jest rodziną.

— A ani ty, ani ja nie mamy tylu członków rodziny, byśmy byli gotowi pozwolić komukolwiek z nich niepotrzebnie cierpieć.

— Otóż to. — Biorąc jej dłoń, ucałował jej palce. — Prawdę mówiąc, moja radość z miłości do ciebie jest tak wszechogarniająca, że nie potrafię rozważać niczego, co mogłoby kogokolwiek choć trochę zmartwić.

Przez długą chwilę siedzieli zatraceni w swoich oczach, tak szczęśliwi z ponownego spotkania, że wszystkie ziemskie troski odeszły w niepamięć. W końcu jednak Thomas otrząsnął się i zajął najpilniejszą sprawą.

— Poleciłem Gallagherowi uzyskać specjalną licencję, gdy odsyłałem go do miasta, i jeśli jest w połowie tak sprawny, jak sądzę, to już leży na moim biurku. Wybacz mi, jeśli marzysz o wspaniałym ślubie w Haverford z udziałem połowy hrabstwa, ale myślę, że najlepiej będzie, jeśli pobierzemy się jak najszybciej i jak najciszej, a potem natychmiast opuścimy Londyn.

— Nie mam takich pragnień i w pełni zgadzam się, że to najlepszy plan — odparła natychmiast Ellen. — Dopóki to ty jesteś panem młodym, nie dbam o żadne inne szczegóły co do miejsca i czasu.

Thomas wyglądał na zachwyconego jej słowami i ponownie ucałował jej dłonie. — Masz suknię z wysokim kołnierzem, która zakryłaby twoje siniaki? Jeśli tak, moglibyśmy zaprosić kilku bliskich przyjaciół, by byli świadkami zaślubin.

Ellen zastanowiła się. Choć nie była w Londynie wystarczająco długo, by nawiązać wiele przyjaźni, pomyślała, że chciałaby zaprosić Lady Creighton, która była dla niej tak dobra, oraz trzy starsze panie, które chciały wziąć ją pod swoje skrzydła. Była pewna, że wszystkie ucieszyłyby się z jej ślubu z Thomasem, na którego zdawały się patrzeć przychylnie mimo jego amerykańskiego pochodzenia.

Thomas na chwilę zostawił ją samą, by udać się do swojego gabinetu, gdzie zastał zarówno swojego zarządcę, jak i specjalną licencję, którą wierny człowiek sprawnie załatwił. Gallagher z wielką chęcią zgodził się od razu wyjść i znaleźć przychylnego pastora, który jak najszybciej udzieliłby ślubu.

— Myślałam o tym — powiedziała Ellen do Thomasa, gdy jedli razem kolację tego wieczoru, siedząc w jej saloniku, podczas gdy Susan cicho szyła w kącie — że powinnam odwiedzić Lady Jersey.

Thomas zatrzymał łyżkę z zupą w połowie drogi do ust i spojrzał na nią niepewnie. — Czy nie lepiej byłoby do niej napisać, gdy już wyjedziemy z Londynu?

— Tyle że chciałabym zaprosić ją na ślub. — Ceremonia została wyznaczona za trzy dni w małym, pobliskim kościele.

Thomas z westchnieniem odłożył łyżkę. — Cóż. Przekazanie jej publicznej wersji wydarzeń do rozpowszechnienia zawsze było częścią planu, prawda? Przypuszczam, że jeśli zrobimy to osobiście, będziemy o wiele bardziej wiarygodni.

Ellen skinęła głową na znak zgody. — Chciałabym też odwiedzić Lady Creighton — powiedziała. — Była dla mnie bardzo miła, a właściwie, gdyby nie jej interwencja, być może nawet byśmy tu teraz nie siedzieli. W końcu to jej naleganie, bym nie podpierała ścian, doprowadziło do tego, że zatańczyłam z lordem Bellmere i majorem Trevithickiem.

Thomas zmrużył oczy. — Co sprawiło, że uświadomiłem sobie własną głupotę, że nie zauważyłem twojej absolutnej doskonałości od samego początku. Rzeczywiście, twój wyrzut jest uzasadniony.

Roześmiała mu się w odpowiedzi. — Nie waż się być zazdrosny, Thomasie. Żaden z nich nie miał szans na zdobycie mojego serca, obiecuję ci. Od dawna należy do ciebie.

Wpatrywali się w siebie, aż Susan kaszlnęła z kąta. — Ta zupa będzie smakować znacznie lepiej, póki jest gorąca, milordzie, panno Bentley — powiedziała z łagodną naganą.

— Widzisz, mam dobrą opiekę. — Ellen uśmiechnęła się do swojej pokojówki i ponownie wzięła łyżkę. — Pod twoją nieobecność Susan niańczyła mnie jak kwoka jedyne pisklę.

— Dobrze — odparł stanowczo Thomas.

Zmieniając temat, a pretekst dało jej łagodne przypomnienie Susan, Ellen wspomniała o plotkach, które już zaczęły krążyć. — Służba zaczęła rozpowszechniać zleconą historię, szepcząc o wyjeździe i hańbie Louisy z fikcyjnym członkiem ich grona. — Kiwając głową, Ellen dodała: — To smutny dowód na jej zachowanie wobec nich, że są wręcz chętni, by zacząć chełpić się jej upadkiem.

— Niech cieszą się swoją zemstą, Ellen. Kto wie, ilu służących Louisa zwolniła, a może nawet skrzywdziła poważniej, jak tę pokojówkę, o której opowiadała mi Clarice? Szczerze mówiąc, powinniśmy być wdzięczni, że nie trąbią po całym Londynie o jej szaleństwie.

— Nie zrobiliby tego — zaprzeczyła stanowczo Ellen.

— Akurat się z tym zgadzam, głównie dlatego, że tak bardzo zjednałaś ich sobie, zarówno tutaj, jak i w Haverford Hall!

Następnego ranka złożyli wizytę Lady Jersey. Wciąż posiniaczona szyja Ellen była dobrze zakryta wysoko owiniętym koronkowym szalem, a ochrypły głos tłumaczono pozostałościami po grypie.

Hrabina zadała kilka dociekliwych pytań na temat Louisy, a Thomas i Ellen odpowiadali ostrożnie, mając dobrze przećwiczoną historię. Oboje wyrazili żal z powodu hańby kuzynki i szok z powodu jej nagłego wyjazdu.

— Zapewniam panią, nie miałam najmniejszego pojęcia, że planuje coś takiego — powiedziała Ellen hrabinie. — Wiem, że Lady Havers naciskała na Louisę, by zdecydowała się na jednego z zalotników; być może to skłoniło ją do wykorzystania okazji, gdy wszyscy leżeliśmy chorzy na grypę.

— Głupia dziewczyna. — Lady Jersey potrząsnęła głową. — Cóż, to z pewnością skandal, ale nie sądzę, by szczególnie panią dotknął. Zwłaszcza że planuje pani tak szybko wyjść za mąż. Szelma z pani, panno Bentley, w ogóle nie dała pani tego po sobie poznać! — Postukała wachlarzem w dłoń Ellen, chichocząc pod nosem.

Ellen zarumieniła się i zerknęła na Thomasa, który odwzajemnił jej uśmiech. — Na moją obronę, milady, nie miałam pojęcia, że Thomas odwzajemnia moje uczucia, dopóki na jaw nie wyszła hańba Louisy. Emocje w tym czasie sięgały zenitu.

— Bez wątpienia, bez wątpienia. — Lady Jersey wydawała się wielce rozbawiona. — Cóż, to z pewnością urocze zakończenie dla was obojga, choć doskonale rozumiem, dlaczego uważacie za konieczne szybko się pobrać i wrócić na wieś. — Machnęła niedbale ręką i oświadczyła: — Dopilnuję, by nowa hrabina Havers mogła poruszać się w towarzystwie bez najmniejszej nuty skandalu związanego z głupotą jej kuzynki. *To* zostawcie *mnie.*

— Oczywiście, zdajemy się na pani doświadczenie, Lady Jersey — rzekł rozbawiony Thomas.

— Wiedziałam, że jesteś bystrym młodzieńcem, Havers, mimo że pochodzisz z kolonii. Poradzisz sobie całkiem nieźle, śmiem twierdzić.

Ellen stłumiła cichy chichot, gdy Lady Jersey wyniośle przyjęła komplement. Mogła tylko uważać się za szczęściarę, że ta budząca respekt dama skłonna była uwierzyć w ich historię.

— Przyjdzie pani na ślub, prawda, Lady Jersey? — zapytała z nadzieją.

— Nie przegapiłabym tego, droga dziewczyno, i przyprowadzę ze sobą Elizę Sale i Charlotte Peabody, i kogokolwiek jeszcze uda mi się zgarnąć.

— Och, dziękuję pani — powiedziała wdzięcznie Ellen. — Nie starczy nam czasu, by odwiedzić wszystkich, których chciałabym zaprosić, chociaż stąd jedziemy do rezydencji Creightonów. Bardzo chciałabym zaprosić na ślub Lady Creighton.

— Powodzenia; jej mąż nie pozwala jej przyjmować zbyt wielu zaproszeń. Tylko na te wydarzenia, w których sam chce uczestniczyć. — Lady Jersey obdarzyła Ellen uśmiechem. — Zasługuje jednak na przyjaciółkę, więc mam nadzieję, że nie zrezygnujesz. Pochlebiaj próżności Creightona, a może pozwoli ci na odrobinę przyjaźni ze swoją żoną.

— Zrobię, co w mojej mocy — przyrzekła Ellen.

— Ja również. Z niecierpliwością czekam na spotkanie z tą twoją przyjaciółką — zauważył Thomas, gdy opuszczali pałacową rezydencję Jerseyów. — To ona przedstawiła cię Lady Jersey i jej znajomym, prawda?

— Owszem, ale musisz obiecać, że nie oniemiejesz z wrażenia na widok jej urody. Bardzo źle bym to zniosła, ale obiecuję ci, że jej mąż zniósłby to gorzej, a swoją złość wyładowuje na biednej Marianne. Skieruj swój urok raczej na niego, Thomasie, dobrze?

— Wszystko dla ciebie, moja miłości.

Mimo żartobliwych słów, Ellen naprawdę czuła lekką nerwowość co do reakcji Thomasa na spotkanie z Marianne. Jednak poza jednym zdziwionym mrugnięciem nie okazał żadnej reakcji na urodę oszałamiającej rudowłosej, mówiąc jej tylko, jak bardzo cieszy się ze spotkania i dziękując za jej życzliwość wobec Ellen, po czym przeprosił, by odszukać Lorda Creightona.

— Wyglądasz na tak szczęśliwą, Ellen — Marianne przeszła od razu do rzeczy, nalewając Ellen herbatę do delikatnej filiżanki z Sèvres. — Od początku podejrzewałam, że masz słabość do lorda Haversa i bardzo się cieszę, że miał na tyle rozsądku, by dostrzec w tobie skarb, którym jesteś.

— Dziękuję ci.

— Chociaż bardzo mi przykro z powodu hańby twojej kuzynki.

Ellen zamrugała, zaskoczona uwagą. — Skąd o tym słyszałaś, Marianne? — zapytała, grając na zwłokę.

— Służba plotkuje. — Marianne uśmiechnęła się lekko. — Nie mogę powiedzieć, żebym kiedykolwiek przyjaźniła się z Lady Louisą... ale mam nadzieję, że jest szczęśliwa ze swoim lokajem.

— Naprawdę? — Ponownie zaskoczona Ellen odstawiła filiżankę. Tego nie spodziewała się od nikogo z towarzystwa.

— Dawno temu był ktoś... — Marianne zniżyła głos. — Żołnierz. Gdyby poprosił mnie, żebym z nim uciekła, zrobiłabym to bez wahania i uznałabym wszystko, co porzuciłam, za warte poświęcenia dla miłości. Więc tak, mam nadzieję, że twoja kuzynka jest zadowolona ze swojego wyboru.

— Jest bezpieczna i ma się dobrze, tyle wiem. A Thomas nigdy nie pozwoliłby, by stało jej się coś złego, ani by głodowała czy była źle traktowana. — Ellen trzymała się półprawd, a Marianne zdawała się być z tego zadowolona. Kuszące było całkowite powierzenie się Marianne, ale Ellen nie śmiała. Ona i Thomas uzgodnili; to była tajemnica, którą musieli strzec blisko, na zawsze.

ROZDZIAŁ OSIEMNASTY

Ten dzień ślubu nastał ponury i deszczowy, choć Susan twierdziła, że później się przejaśni. Nie pozwalając, by pogoda zepsuła jej nastrój, Ellen uśmiechnęła się i nalegała, że nie będzie miało znaczenia, nawet jeśli deszcz będzie padał cały dzień. Nie wątpiła, że pan Henry zorganizował wszystko tak, by na włosy czy odzienie żadnego z gości nie spadła nawet jedna kropla deszczu.

— Może i tak, ale buciki panienki będą całe w błocie! — mruknęła ponuro Susan. — Chodź, do kąpieli, umyjemy włosy i wysuszymy je przed kominkiem. Betty zaraz przyniesie panience śniadanie.

Uśmiechając się, gdy jej pokojówka przejęła dowodzenie, Ellen zanurzyła się w przygotowanej kąpieli i odprężyła w ciepłej wodzie, podczas gdy Susan wmasowała jej we włosy płatki mydła kastylijskiego, po czym spłukała je octem jabłkowym i płukanką z rozmarynu i lawendy.

— Zastanawiam się, czy o Thomasa troszczą się równie mocno jak o mnie — mruknęła, gdy Susan pomogła jej się wytrzeć i włożyć szlafrok.

— Nie wątpię, że bierze kąpiel, panienko. Dziś rano w całym domu przy kominkach grzało się mnóstwo dzbanów z wodą. — Susan wycisnęła wodę z włosów Ellen lnianą szmatką, po czym wzięła grzebień i ostrożnie zaczęła rozdzielać pasma, używając odrobiny olejku lawendowego na palcach, by rozplątać kołtuny. — Chociaż Kennethowi z pewnością szybciej pójdzie z suszeniem jego włosów!

Z jakiegoś powodu Ellen uznała to za absurdalnie zabawne. Chichocząc, podniosła filiżankę czekolady, którą Betty przyniosła wraz z tacą śniadaniową, by wziąć łyk.

— Dobrze słyszeć śmiech panienki w dniu ślubu — powiedziała Susan. — I spójrz, deszcz przestał padać!

— Rzeczywiście — zgodziła się Ellen, zerkając przez okno.

— Szczęśliwa panna młoda, nad którą słońce świeci — przytoczyła stare porzekadło Susan.

— Być może, ale moi rodzice byli najszczęśliwszą parą, jaką znam, a mama zawsze powtarzała, że w dniu ich ślubu padał śnieg. Z pewnością lało też w dniu ślubu Demelzy i Johna, a oni również są bardzo szczęśliwi, więc nie będę przywiązywać wagi do tego, że nieszczęśliwe dni ślubu mają cokolwiek wspólnego z nieszczęśliwymi małżeństwami — oświadczyła stanowczo Ellen.

— I bardzo mądrze, ośmielę się rzec — zgodziła się Susan. — Zje panienka coś?

Ellen uśmiechnęła się krzywo. Oczywiście jej bystra pokojówka zauważyła, że Ellen nie wybrała niczego z kuszącego zestawu na tacy. — Ściska mnie w żołądku z nerwów — wyznała.

— Proszę pomyśleć o tym jak o każdym innym ślubie, którego przez lata udzielał ojciec panienki, świętej pamięci — zasugerowała Susan. — Śmiem twierdzić, że widziała panienka więcej ślubów niż ktokolwiek inny w tym domu!

To była prawda, pomyślała Ellen, pozwalając Susan namówić ją na zjedzenie kromki tosta posmarowanej masłem i miodem. Jej ojciec zawsze mówił, że niczego nie kocha bardziej niż udzielania ślubów, patrzenia, jak kochająca para łączy się węzłem małżeńskim w domu Bożym... chyba że były to chrzciny, które często następowały, czasami nieco mniej niż dziewięć miesięcy później, chociaż jej ojciec nigdy nie komentował, bez względu na to, jak krótki był czas między ślubem a narodzinami.

Jej rodzice bardzo polubiliby Thomasa, pomyślała. Wyobrażała sobie, jak on i jej ojciec prowadzą długie debaty nad tym, co wyczytali w gazetach, a jej matka rekrutuje Thomasa do pomocy w jednym ze swoich projektów mających na celu poprawę losu najbiedniejszych mieszkańców wioski.

Po jej policzku spłynęła łza, którą otarła. — Myślę o mamie i tacie — odparła na zatroskane pytanie Susan. — Chciałabym, żeby tu byli.

— Oczywiście, że panienka by chciała. Ale bez wątpienia czuwają nad panienką z nieba — powiedziała Susan dziarsko, a Ellen skinęła głową.

— Bez wątpienia — zgodziła się cicho. Bez wątpienia stary hrabia również przewracał się w grobie, gdyby mógł zobaczyć, jak jego amerykański dziedzic-parweniusz żeni się ze zubożałą córką pastora, której nigdy nie raczył uznać za swoją krewną, ale tej myśli nie wypowiedziała na głos.

Służba wypełniła mały kościół zielenią, kupując za hojnie otwartą sakiewkę Thomasa wszystkie kwiaty szklarniowe, jakie zdołali znaleźć, i dodając pięknie splecione wieńce z liści. Słodki zapach kwiecia wypełnił nozdrza Ellen, gdy wzięła głęboki oddech, zanim przekroczyła próg kościoła.

Powitały ją uśmiechnięte twarze — służba z tyłu kościoła i zaskakująco liczna grupa przedstawicieli wyższych sfer z przodu, gdy szła nawą. Lady Jersey, na honorowym miejscu w pierwszym rzędzie, promieniała radością, a siedzące obok niej Lady Sale i pani Peabody wyglądały na równie zadowolone, widząc Ellen zamężną. Marianne Creighton siedziała tuż za nimi, a jej starszy mąż u boku wyglądał na mniej niż zachwyconego tą okazją, ale uśmiech Marianne był promienny. Ellen pomyślała, że z pewnością będzie do niej często pisać. Lady Creighton zdawała się bardzo potrzebować przyjaciółki.

Wreszcie dotarła do końca pozornie niekończącej się drogi, do miejsca, gdzie przed ołtarzem czekał na nią Thomas z szerokim uśmiechem na twarzy. Widok jego radości uspokoił motyle w brzuchu Ellen i odwzajemniła jego szczęśliwy uśmiech, a ostatnie jej troski zniknęły.

Razem, pomyślała, wkładając dłoń w dłoń Thomasa, gdy wikary zaczął intonować słowa ceremonii ślubnej, poradzą sobie z wszelkimi próbami i przeciwnościami, jakie mogą ich spotkać. Mogli równie dobrze postawić cały *ton* na głowie swoimi nowomodnymi pomysłami i determinacją, by pospólstwo było traktowane tak samo jak arystokracja, ale Ellen odkryła, że ani trochę nie obchodzi jej, co zepsute latorośle wyższych sfer mogą o nich myśleć, i wiedziała, że Thomasa również to nie obchodzi.

— Kocham cię — wyszeptał bezgłośnie Thomas, gdy wikary monotonnie kontynuował.

— Ja ciebie też — odparła bezgłośnie Ellen.

— Jeśli ktokolwiek zna powód, dla которого ta para nie powinna być połączona świętym węzłem małżeńskim — powiedział wikary, marszcząc brwi na oboje — niech przemówi teraz albo zamilknie na wieki.

Przez szaloną chwilę Ellen niemal spodziewała się, że Louisa wyskoczy zza jednej z ławek z nożem w ręku i lekko wzdrygnęła się. Thomas mocniej ścisnął jej dłoń z troską w wyrazie twarzy, ale potrząsnęła głową i ponownie się do niego uśmiechnęła.

W kościele panowała absolutna cisza. Thomas uśmiechnął się do Ellen uspokajająco, być może domyślając się części jej myśli, a wikary wznowił ceremonię, tym razem przygotowując ich do złożenia przysięgi.

— Ogłaszam was mężem i żoną w obliсзy Boga — zakończył wreszcie wikary. — Moi panowie, moje panie, hrabia i hrabina Havers.

— Moja pani — powiedział Thomas z uśmiechem, a Ellen roześmiała się z zachwytem.

— Zaiste twoja pani, mój panie!

Nie dbając ani trochę o to, czy zbulwersują publiczność, Thomas przyciągnął ją blisko, by złożyć na jej ustach długi pocałunek. Z obozu najbardziej tradycyjnych gości dobiegło kilka pełnych dezaprobaty pomruków, ale niemal całe zgromadzenie promieniało na widok szczęśliwej pary, ciesząc się, że Ellen wreszcie znalazła szczęście u boku swego hrabiego.

Koniec

Mam nadzieję, że historia Ellen i Thomasa przypadła Ci do gustu. Nie zapomnij poszukać *Markiz dla Marianne*, drugiego tomu serii... przecież nie sądziłaś, że zostawię biedną Marianne Creighton, by cierpiała z tym okropnym mężem na zawsze, prawda?

INNE KSIĄŻKI AUTORKI CATHERINE BILSON

Rumieniące się panny

Hrabia dla Ellen

Markiz dla Marianne

Książę dla Diany

Kapitan dla Clarissy

Panny z Belle Haven

Narzeczona z Belle Haven

Panna Molly i uparty major

Panna Clara i markiz

Pomyłka panny Anny

Panna Eliza przejmuje ster

Kłopoty z panną Charlotte

Zakochana panna Laura

Wścibska panna Louise

St. George i Potwór z Rzeki (tylko dla subskrybentów newslettera)

Poznaj wszystkie publikacje Shenanigans Press, odwiedzając naszą stronę internetową, https://www.shenaniganspress.com/pl!

Możesz też obserwować nas w mediach społecznościowych – jesteśmy na Facebooku i Instagramie (@ShenanigansPressPolska)

I nie zapomnij zapisać się do naszego newslettera, aby otrzymywać informacje o nowościach, promocjach, konkursach i wiele więcej!